运之
河晖

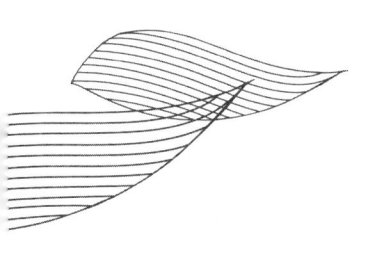

苏宁 著

淮安市文学艺术院重点作品

长江出版传媒
长江文艺出版社

苏宁

女。有作品发表于《人民文学》《十月》《钟山》等杂志。著有随笔集《我住的城市》《平民之城》、诗集《栖息地》。现居淮安市。

" # 序　言

这本小册子能够呈出完全源自师友鼓励。让我谈论它，很难避开回瞥来处的视角。又不好将自己当一个外人，仅谈论它的外围。一个作品有一个作品的"周边"，在一个有"边"的空间中，它才得以确立。于我而言，"写"的过程，也是不知不觉中去探触一些观察或思想的边界的过程。或以"写"为半径，拓展、越过已知已见之边界；或以"已有之边"建立新的精神空间。

这些空间并非可凭"空"存在。我也清楚其间的交错、纵横，但身处其间时，写每一个时，仍会有迷路之感。迷者之一，是寄望它能有好一点的"成色"。而成色，有时是一发而即触，有时则需要沉淀。要经受一些外力影响，或不受任何外力影响，只在缓慢中生出分量。被蒸发是寻常之事。但不管最后成相如何，在初始时，都是在心里把一块"好地方"腾了出来的，来放那个将写的事物——以足够的"空"，让它得以自在地过来。来与我互相填补。另一个方面，我也不能它一到来、一成活就把它移交出去。我会放它们在心里多"养"一会。触及一些我不亲历的场景时，也总是希望比较到不同视角，想事先找到一个远一点的位置，可以行俯视、旁观一下的各种梯度。这种绕离一会后的再折回很用时间。但也因而会促它长得"成实"一点，也从而获得一点语言与结构的结实。然后，是把它放下来，让它冷却。等再次拿在手里时，它又恢复为一个热源的状态。会奢想着避开电影、文献、图画、声像里一目即可了然的，能一目了然的，为何要让人通过阅读很多句子来达到？

师友鼓励的外因之外，内因则是一些事件、思想、情绪的推动，一个人日常的完成，大部分受益于共处之"物"的补给与眷顾——那些在我们的理解里无法自行言说或没有持言说系统者，我愿以此表达与他们会意能力的存在。

每一个作品毋庸置疑，都拥有它的出生地。淮安离北京城一千公里，离省会南京二百公里，离上海五百公里，离城市东部的大海也是二百多公里。与格林尼治标准时间差大约是八小时。如以庄子所言的八千年为一春为时间单位，它的建城史才2200年，初过四分之一春。长江北部的小城。年轻人出去了，很少会回来。外来人口亦少，很难有不同文化传统或思想的对冲。城市的形态主体是熟人社会。菜场、公交车站、广场，甚至一场散步中都会遇见"熟人"。熟人密度与一个人混迹其间的年份成正比。熟人间彼此看待的入口在初见时几已知及。时间让人事发生变化。这个变化在熟人间、在熟人眼前总似可被略过而不计——似有一个外见端口就可以了。一个平常的、以一枝巢世的人，似与外部有一个接口就可以了。缺乏新鲜的力量来激活新的互相发现与确认。展眼可见的、被动接受即可见的变化遮盖着城市与个人的内部，那些滂沱的内部与不被识见，是无边无尽的可资一记的材料。这种素材的补养饱含能量，让一个有边有限之人深感丰足，并心怀感激。我城虽然偏僻，但交通、物流、信息却畅通，可随时获取任何想要的一流阅读资源，这让我有幸有依据了解判辨何为好的文学，并剔去直觉与先验中已不可靠的认识。

杜甫、白居易、苏东坡是我倾慕之人，有丰沛的内在之人。陶渊明、王维，也是我反复阅读的对象。我因他们的作品而喜欢他们。另有二类作品让我震动、心爱，一是冠以无名氏的，比如《古诗十九首》；二是具名但不以实名具著的，比如《红楼梦》《金瓶梅》，超然之人写超然之作，气蒸云河、风华绝代，我敬这样的人物，是其人自我之修成，抑或是无形"大象"之妙创。从类别上，第一爱是边塞诗，其次是有远行经历者之作。还有一类作品，于不动声色间深藏开山气象，比如《庄子》，又比如《聊斋志异》，出手即是高峰，几百年了还不见有后来者与之并峙。

还有一类写者，我也每见之心动，写得极少，或者是也写得很多，是他们自己不以多为傲并着意去遗传所著（这个猜想并非无可推证），他们甚至只似写了一个，但那一个就很好，让人觉得人类思想历史里无它竟是一种缺失，比如《春江花月夜》。我还敬不以"写"名世或仅将"写"当成生活中一件自然之事的人，这类写者，让我觉知真正的艺术当发生于自然与民间。有让我每见心疼之人，比如李贺、王勃。

对一个人进行分层的，我想应不是年纪、性别、区域、受教经历这些标签，这只是示于外在的分法之一。一张扑克牌，投入到的每一段行程都是一组54张的重新清洗，可能在原来的位置，也可能会站到与以往有别的位置，与不同的花色、数字组合或无法组合。对于诗歌我深怀畏意。生活的外层之下，即可触到小说的根骨；散文则是水的形态，可倾储于任何容器；诗歌做不到一见即可触，又做不到能被所有品格收纳，这也促使它能更充分地伏低与攀远，兼容严谨与收放。唯有"诗"，是一座可源源开掘的深井，以任何身份与之相遇，都会从中捧取到获得自由与宁静的勇气。在某种程度上，诗维系一个人与自然、人群的连接。

修正的过程中，我时有惶恐与不安，它也许仅是某一阶段中我个人对语言文字如何复制思想、生活的一次实践。似仅宜于分师友私看。对于诗义传统，它有保持也有越界，浅薄处，恳请读到的朋友们批评、匡正、哂笑。

苏宁三拜
2022年9月30日

目 录

辑一

4月3日,翻《齐民要术》与《庄子》　003
日课　004
春日宴　005
樱花路　006
他人　007
3月31日寒雨　008
麦将熟　009
春日之晖　010
清明祭一个小女孩　011
4月20日谷雨　013
一棵石榴树　014
4月30日晚大雨　016
空山　017
今天　018
可久留之地　019

020　望月

021　过竹林

022　下午帖

023　白噪音

025　空关

辑二

029　耀夜

032　独自在海边坐了一天

033　连接了地面与天空的树

034　秋日之题

036　升起于早晨五点

037　砍伐一棵榆树

039　春雨迷人的瞬间

041　邻居

043　清晨

044　融化

045　分界

047　下午的小树林

048　地图们

049　兄弟

050　一次徒步

通讯录 051
立春夜 053
年终盘点 054
眷侣 056
空白时间 058

辑三

秋分函 063
简芸帙 065
封缄 067
冬天到来的条件 069
地铁 070
辎重 072
翅膀 073
虚词的范围 074
内心断裂 075
冬天与大地 077
新生活的笃行者 079
雨夜怀祖母 080
万物失联 082
一生的身份 084
根蒂 085

087　从无名至废名

088　返修之年

089　同辰

091　深冬

092　息

辑四

097　瞬息

098　新年

100　活着

102　夜航船

103　河堤会

105　水门桥三号家庭留言簿

107　春假

108　春日念祖母

110　叔叔

112　完整而良好的一天

114　二十四分之一

115　很好的一生

116　生芒记

118　闪耀

119　子若不返

过来人 121
虚淡 122
看到两岸,我只能去一岸 123
6月21日,夏至 124
寄一束波斯菊与你 125

辑五

6月23日,星期三 129
终生不复重返之地 130
致一个仍在思念母亲的朋友 131
6月30日再记,我们都将和她再见 132
爱惜 134
今夜比每一夜沉默 135
丹桂夜 136
同渡 137
太阳颂 138
今夜有雨 139
爱是温柔的事物 141
葬亲之地 142
日暮时分 143
树叶笺 144
你在等哪一个人同你一起回到这个家来 145

146　旧街旧事
147　深深谢
148　岷江十日
149　边界
150　家族谱系

辑六

155　厨房与婴儿
156　寒露日,乘地铁去新街口
157　苍耳
158　献卿酒
160　11月19日,下元节
161　橡皮擦
163　一只蚂蚁
164　蜗牛和阴影
165　下了一天雨的黄昏
167　枇杷已熟,与眉州苏子
169　历书
171　逐光
173　侧耳倾听
174　初冬
175　回忆那次在海边看到风暴

静穆　176
面具　178
鱼在水　180
致与迷人　182
奉还　183
星际　184
庭中复故人书　186
一则晨记　187

后记　189

辑 一

4月3日，翻《齐民要术》与《庄子》

一本旧书，我翻到关于种谷的一页，
抱着五岁的我走过花园、田野的人，
教我认识植物，
我写的字中有一些字是他教我认识。

我有的第一本书是字典，
他把一本字典放我手上，
告诉我一生用到的字差不多都在这里。

后来我尝试学习另一种语言，
读他讲过的庄生。

"他是单方向的，解他的人在异代，且在未来。
不是和每一个人都能到达相同的世界。"
"你仅过你自己的生活。"

"他是夜在眼前黑了，黎明在睡醒前到来，
一场雨让花开，又是同样的一场雨里花谢。"

日 课

第一次低下头,默唤了一声观世音,
我以凡人之质在她对岸住了多年。

祖父读过而未带走的几本书,
不似刻意留赠于我,
但让我每个早上整洁端正,
走过它们时,我很配字句间的庄严。

恭敬一个被祖父读过的词,如神,
恭敬我正做的一件小事,
恭敬一个迎面走过的陌生人,
——那时我年幼,祖母为我说神具体的模样。
在小的、我看得见的事物里面。

春日宴

惊蛰日,在雨声里听春雷,
只取应时的蔬菜。

隔省的人开始卖春茶,
买一回春茶,添一回年岁。

仍然是爱花啊,
一枝、两枝、三枝,
油菜的花,桃树的花,
用它们比照图画书上讲的色谱。

居于异乡的僻静角落,鲜有客来。
喜鹊、斑鸠、每天都来房顶上停一会的飞鸟,
有些我叫不上名字。
种了几棵树,
  并非为花朵、果实、气息,
  只为与我同世为生命。

它们是我终身伴侣的异名。

樱花路

一个地方，住了再久，
你不会把它称作故乡。
没有长辈生于斯、埋于斯。

  这儿的泥土里没收过你衣胞，
  没掺进爱过你的人的气息。

有一天，你长逝，慢慢被人忘记。
  终远离让你不屑之事，
  此忘记可前置于死亡之前。

终于与一种现实清楚地交割，
而不需无聊地坐下清算。
你将不介意他人如何为你熄灭于此的那一小块泥土，
——拎出收不到你自己确认的定义。

死亡是回到故乡的方式之一，
我解你中年后仅以死为乡。

  它不是一个地理空间与情绪局限，
  仅是你升起于地面的角度。

他 人

今天,你吃的是谁种的粮食,
每一粒米粒、一颗果实上都没有名字,
——被隐去的是谁的名字?

从市上,用钱帛买来,
似未有不劳而获。

    有生命的事物,
    有灵魂的事物,
    粮食是其一。

有一个具体的人在辛苦地春耕秋收,
一棵一棵远远排列在田里。
    这一生,你肩未担过重物,
    足未有插进过泥土,
你没有亲手收过一垄麦子。

活着的人,艰难地行走于各种坡道,
  他人的荣耀是他人的,
   有些"他人"终生苦累,
   他人能受的,我必可承受。

3月31日寒雨

又一回寒雨里忘了带伞,
薄衣薄裙,天色转暗。

远方的人,你们已回到了家?
还是在一场更凉的雨里忙碌。

致力于给每一个词添加新的意义,
写一句,回顾一次。

我时有停顿,不是在等谁,
——不是确认是否走了一条错的路,
不是我累了。
　　我在重返丰沛的行途。
　　担负很多的人需要有很多条命。

麦将熟

和盐一样需要在久滞中生成的事物,
每一天里,
向满,生着浆液。
向可能一无所出的茫然。

   低着头,风里吹来击打的沙石,向老,
   让运命轻轻地收去。

站在坡地上,一粒粒数着种下,
照看它发芽、长叶,
一穗穗结子。

太阳、雨水
   和一个具体的人的终日劳作。

"熟"时金黄的颜色,
——这食物的气息。
坐在清洁无尘的餐桌边的、被誉为成熟的人,
是看过了几番麦熟。

春日之晖

坐在檐下,春日之晖透过了河边的树林,
贴着草地浮过来了。
从天的空里洒落下来。

一阵风里,一朵淡粉色的樱花,
一阵小雨,蒙蒙地下着的沾衣而不湿的雨。

收了冬天的棉被,
去年的春衫,我仍然喜爱。
我把读过的书一一取出晾晒,
并把昨天经过的日常重复:清理,淘洗,擦拭,
　　将水果放入盘中,
　　挑出米中的细砂。

一个农人挑担从街上走过,
第一茬新韭,香椿树的芽。

远处的楼房很高,
　　那住着和我一样在人群里有焦虑的人。
　　有赖新春的晖光又一次将我养护,
　　且以此蓄航吧。

清明祭一个小女孩

这是你第几次从泥土里醒来?
——我也醒来了,你看亲人们都在。
我们仍被同一时间段的太阳照耀着,
继续睡吧,轻拍着泥土的时候是轻轻地拍着你。

梨花才开,柳絮满城飞,仍是你之前看到的那样儿。
我仍种着多年前的植物,不爱甜食和淡茶。
   几年前更换了一只火炉煮水,
   旧的那只也还在。
   担心你回来无法认出,我尽量不发生改变。

   昨夜有一些人家在路口烧纸钱,火光闪闪。

火是密语的一种方式,黄纸经过火是疼痛再次经过心。

我站在那儿。看火熄。

   如同我相信心跳仍能被你听到,
   我想给你的,能被你陆续收到。
   我对你用汉字拼语句:
     我经历的你不需经历。

年年与你单独共有此刻时,
我只想告诉你我过得很好。

去山冈——
高高的山冈上只有一颗月亮时。
一个人站在那里,
被月光完整地、额外地照耀,
它不需我说出又看到它我是多么感激。
浅薄的孤独而忧郁的时刻令我羞愧。

天气在转暖,夜风微微地吹。
这是哪里,远方是哪里。
　　星星陪伴着大地,
　　　大地生出树木,一点点地生长,朝向星星。
我有一条举步维艰之路,
想到走着走着就会走到你那它就平了。

4月20日谷雨

去年的这一天我还记得,
   走过两条街去买雏菊的幼苗,
   一场春雨打湿了满城柳絮,

细细的雨,下在每一朵飞绵上,
会下到夏天的样子,
我又湿湿润润地赶了人间的一个场子。

爱的事物之一,早起喝一杯淡茶,
用心工作,定时为房间清洗,
黄昏后散步,空时种植。

在城市僻静的边缘,花儿、草儿、鸟儿,
   朴实的邻居。

   忽然收到故人寄来的一本书,
   见字如面。
   在雨声里写回复,读到一半时,再复一封,
告诉他仍在读,读得很慢。

一棵石榴树

似乎已写过它一次,也在春天。
写到万木萧条时的静寂。
即使最冷的季节,
它身上也有一条会复活的命。

——它干枯,它落叶,
　　它在我庭院小小的角落,
　　有时它像极想将自己放弃。

这时候,我只是一次次在它旁边的石阶上坐下,
有话似亦不知从何说起。
日光静静,
我们的头上,天空远远,
　　云移动着时深时浅的蓝。

我没有悲伤(素知一切短暂),
我也少憧憬与欢喜(一个成人擅于节省情绪)。

眼前尚有一件小事要顾,我要去忙碌了。
请暂允我起身告辞。

常被一件一件小事拆得东零西落，
　　　这就是我的一天。

4月30日晚大雨

春光灿烂,植物们落地生根,

想起去年此时,
我给一位亲人写信:我想买一块地,
盖一间房子,围一小小庭院。

信未有寄出,田园已买。
远离城市,有一条尚可进出的路,
我被忽然到来的安静打动,
一言可尽。

雷声送来一些大雨,
大雨替我卸下身上的芒刺。
　　　在屋檐下守雨停。

我将久居这里,
种麦种菜,与衣衫简朴的邻居交换果实,
以同类非以情义之名。

空　山

"被分解的你，割裂的你，合并的你，
你经过的事物里无法析出的被勉强的你。"

虚无里找过可以有陪伴功效的事物，
遗憾有些短暂不能分类相加。

失散了就是失散了，
——仍然是美满的尘世，
　　无人能绕过缺口连着瑕疵的部分。

我仍偶尔饮酒、叹息、羞惭，
为一些需要去除的情绪。

暴雨清洗大地时我不在，
　　霜降了，去街上买棉衣，
　　去年天暖时，以为永远地暖了。

减少了去人群中的次数，
让白天静谧下来，让静谧使我欢喜。

今 天

"此日是何日?"
"衣裳穿好,才用过早餐,
街上一些用力晨跑的人,
昨夜的露水,
　　正在霞光下缓慢变为气体回到天空。"

这是我祖母没能到达的早晨之一。

"我在接替一个人经过今天,请听脚步在踏出声音,
如果我有泪水流下,希望那是因为欢乐,
而不是忽然将谁想念。"

"将去之处,也许只是从前经过的困境,
此时之所在,是困境之边,
或者只是未经的困境。
我被它收取,或我服膺于它,如此而已。
　　我有时脆弱,
　　　　请忽略脆弱时的我。
我会慢慢将此部分独自承担下来。"

"请在对面走过时,不要介意我没有微笑。"

可久留之地

"你住在哪里?"
"大地上,一个城市、一条街、一栋房子,
一张窄小的、铺了很多棉花的木床。
我住在这里。"

"你去过哪些地方?"
"很多的国度,不同语言区(以语种与语音为界)
博物馆,图书馆,大学,田园,
伤害里,愤怒里,自愈里,被关照里。"

"今天,当我仍有力气醒来,仍整洁,
能劳作、思考。
有一间小小的房子,容我有时休息,
每晚用睡眠复原体力,
它建在哪里,
　　　都是可久留之地。"

望 月

每晚仰望一次月亮,
它孤独地高悬。

默念星星们的名字。银河里一一找出它们。
独一无二,泯然于众的,
每一颗都是特别的,可常见的。

分辨风吹过石榴树的声音,
和吹过蔷薇枝的声音。
偶尔听到蛙鸣,
手拢在一杯淡茶的热气上。

慢慢地入睡。
用白天的尘埃与疲惫合成的夜啊,
——永恒的、仁慈的母亲,
包裹我们　怀抱我们,
从无离弃之念。

过竹林

虚心,中空而直,一季季的冰露寒霜渗进,
结实而敞亮的、向我洞开的内部啊。

在哪都能扎下根,
在哪都能一节一节生得强壮。
不枝枝蔓蔓与旁系牵扯,
不弯不曲不以细瘦为弱。

活了就是活了,
绿了就是绿了。
不在你看得见处杂陈横列。

伐它,是一棵,栽它,一棵就是无数棵:
"泥可生我,石可生我,天地高阔,我属凛冽。"

有一天,我带妈妈从竹林里过,
她忽然在一棵高而清亮的紫竹前站住,
说,它神似你外婆。

下午帖

我发生了一些变化,
似缚我的事物又多一件,
又似向往越来越轻,不意加重量于载我之器。

佛说生有八苦,
生、老、病、死、爱别离、恨长久、求不得、怨憎会、五阴炽盛。
佛呵,我信你借谁的凡人之身活过。
——如此具体的、细微的一天累加,
　　泥沙俱受中长出硌疼人世的颗粒。

　　此刻,听着一个下午到来的声音,
　　喝到了热茶,梨花像我四岁时第一次见到的那样:
　　　　薄而淡的粉白,
　　　　不知如何能收留这颜色。

这是我四岁时喜欢过的气息,一直在喜欢。
有"解"与"执"不可言说:
"我祖母有一头青青的长发,是在我眼前白的。"

白噪音

悲伤时候,去街上买鲜花;
把珍存很久的酒打开;
   设想此生已等不到另一个重要的,
   值得打开它的事件。
此日经过,亦请许重置一樽。

温水沐浴,用奇异果的香;
手机不关,但不是所有电话都接听。

舍弃买回就不再喜爱的那件衣裳;
容忍了自己的挑剔、敏感、浪费、暴戾、虚度光阴。
   蜷进被子里听音乐,单曲循环大海的声音、
   下雨的声音,
   这些白噪音,有数字为音符的,是多余的。

睡到醒了,再躺一会儿,
——活下去的在活下去中受到磕碰
——离开的在离开中,
不要用语言、目光相慰,
很多弱的、轻的事物经过。

我做着一些小事,并没有流下泪水。
我与往日无别,
开始像迎接节日那样整理房屋。

  你有的,我并非需要。
  我有的,尽请拿去。

空 关

祖母说房屋也有生命:

  "没有人住里面时,它会孤单。

   你看有些很老的房子,经久不被照看,

它感得到后人对它的冷落,

它向你发出它的声响。"

"你细听——它的灵魂在夜里游荡,

你入睡时它醒着。

请你感受它的不安。"

  "它风一样撞击门窗上的锈迹,锈迹在剥落。

  柏木顶梁在变衰弱,当时举架之人正在盛年。

  蛛网重结于檐下。

   使我恐惧的不是风不拍它它也有声动,

    时间的损毁,

   不是寂静,是我失了怜惜之心。"

"生命需要另外的生命呼应,

那些凹槽、光华、平顺和圆满,

来自互相辉映。

需要来自另一个生命对它行爱护、修葺、诠释、补充,互证完整。"

"只有活着的事物才能在光芒下显出形迹踪影。
在宇宙中寻求续航的能量。"

我有一间因祖母去世而空关的老屋,
——很多年没回去住过了。
我忽略了一间房子也是有灵魂的,也是生命。

辑 二

耀　夜

问祖母，你喜欢哪一个月份。

六月、七月有清凉的夜，
我记起有人在庭院仰看星河，
去年被照耀时觉得它并不明亮。

石榴花才落，不舍它落，又祝愿它结果，
有点感伤地站在了树下。

    捉了一只萤火虫，旋又放飞，
    "它不属于你，只是从你身边飞过，
    天空、地面是它的，
    是它允你此生来此为客。"

    "我与它往来时，它以光馈我，
    非虚名耀夜。"

八月、九月、十月，
四月、五月种到土里的种子次第成实，
我回忆中的四月、五月归属种植，
难忘你很早就在字典中为我指认出何为"稼穑"。

天渐渐冷，下了很多次雨，然后开始下雪。
　　大地需要休息了，以雪为被。

十一月、十二月。
我们唱起摇篮曲，
视大地为婴孩用歌谣哄它入眠。

　　待它苏醒
　　我将会用隆重的"春节"迎它，
　　它将朝气勃发，焕然一新。

先祖们预知一年的里程，对于笨拙的人略显冗长，
　　所以给我们分出四季，
　　分出十二个段落。

　　分出了二十四节气，
　　分出了白天黑夜，
　　分出了早晨、中午、黄昏，
　　一小时，一分钟，
　　以植物们的枯荣、
　　以光线之明暗、
　　以霜露之周转，
　　以生死。

过了十二月,又返回一月、二月。

三月里冰雪融化,草木生发,
每一天里,我都被很多小事情填满。
祖母走之前的一个月,我仍以往一般忙碌,
我尚不知将与这可爱之人长别。
  即或我知,我也只能是一个人时悲伤,
  悲伤是不能分出去的。

她一个人去了哪里?
  唯愿她有一个新鲜的身份,
    不是祖母、母亲,
    去掉年庚、性别,
有可自足的光,
不愁衣食,每周休息,每天有快乐。

独自在海边坐了一天

看一只船远去,
在海面上驶过黑夜。

苹果三三两两地熟了,正从枝头掉落。
种下就不曾再有移动的树,
这掉落,给不同的人带去不同的消息。

高于我所在的世界的人,
多不曾在人间很久地停过,
　　　以错过与我之相见。

连接了地面与天空的树

越是茂盛的树,
根部那块泥土上的阴影面积越大。
　　太阳在它硕大的冠上投射。

有时想让太阳与自己更接近,
有时又爱着阴凉。
长为遮风避雨的树,
可以变出果实、器物、支架房屋的树。

数年如一日连接了我和天空。

秋日之题

　　每一天都经过很多有生命的事物，
　　它们与我互相经过。
　　失散一些，又汇聚一些，
　　街边孤单的树，台阶上小草里的蠓虫。

偶尔一只小鸟飞上天空，
想到它们也飞过蔬菜、粮食、花朵。

　　一件棉衣经过雨季生了霉斑，
　　请及时拿到太阳光下去晾晒。

昨晚，我似乎听到春雷，
响了一整夜，
　　那些可以激活人的事物正在回来。

我的眼睛轻轻地、一直地闭着，
似怕我眨眼的行为会惊动植物们在春雨中的生长。
不愿被偷窥到的生长。
　　有生命者皆有羞涩之心。

将所有能与我每天一见的事物，奉如唯一珍宝。

我轻轻地、轻轻地,在它们身边走着,
或仅是远远地站着,站那么一会,注视它们,
不愿打扰了它们。

——我要像我不曾有重量一样,
让大地载负我如未曾载负一样。

升起于早晨五点

这城市中的早晨五点二十,
从我拥有一个孩童后与我高频汇合。
——母亲是很多人唯一的身份。

  我汇入其中。
  大批量的同盟驱动我强壮。

升起于每天的早晨五点,
深埋一己于日常。
  在白日的圆心和周边,
  偶尔余下的一点空白里,
  有时也会独自走来走去一会,喝一杯酒。

  早餐,午餐,晚餐,
  厨房、卧室,被挤得有些变形的工作的桌子,
  列满物品的物理空间等同于灵魂之时,
  仅用大地比喻母亲并不足够,远小于事实。

砍伐一棵榆树

河边的空地上见到一棵榆树。

"不是人工所种,
我们只种了梧桐,
龙爪槐和香樟,规划名录里无它。"

"这是无用之树。
明天重种一棵树,
名录里有的早桂或银杏。"

黄昏时,那棵榆树被连根挖掉。
　　　一个人手持电动锯刀,把它变成一段木头,
　　　　几块木板。
　　　　余下的枝,就地焚烧
他从容地把每一枚叶子都归拢到一堆火里。

我站在旁边,伸手烤到火的热,
这是春天。
　　　　昨天那棵榆树呢?刚发出新的枝芽。
　　　　火焰在我眼前生起时,
　　　　那个"我"从哪里长出?

她的沉默让我惊惧。
好像让她心有波澜之事已无。

春雨迷人的瞬间

在细碎的光里闪,
石榴树经过数次雨水才发点点的芽,
那么慢,那么慢。

而蔷薇,雨水还在天空时就含起了苞,
柳树一天一个样子,先绿了,
那绿已由嫩而老,
是笃笃定定知会每一场雨不需为它,
——它们互不等待。
有约亦不践,只在于各自将自己完成。

  幽静的下午,站在窗前看一场雨,
  那种蒙蒙,
    似要喊一切的沉睡醒来。

    似看到了上一场雨里我也站在这窗前,
    它走过大地上所有事物身边。

那时候,它不是雨水它是庄严,
似要将心事向人托付。

我被它轻轻的、庄严的样子触动。
像我又被它祝福了一次:

　　够向天空的一个力量,

　　又被一粒雨滴到,生出了根。

　　与神会意的一刻,是此刻。

邻　居

今年的春天和两年前一样,
但郊游的人丛里失了一个人,他已高眠在异乡。

今年的郊游,我亦未去,未有独看。
——葡萄在四月里开始爬蔓,
　我为它剪枝,其实是借此掩下心里各种与生老有关的念。

死亡让一些卑微的人生动,
"似有这样一个人,我亦似曾见过,公共场合,
在手机里记下名姓,
记下是礼貌,记下号码,但不联络,也是礼貌。"

好像只有死亡才能辅证一些人也活过。
(不是他的电话号码被很多人存下)
具体到一蔬一粟,一朝一晚,一行儿女。

一天的灰尘落满衣衫,
他保持着每天的清洁平整——回家就浣洗,出门就穿上。
被家人偶然想起的细节之一。

他也你我那样从这条街走过,

每临春节回乡祭祀,
回不去时择一十字路口烧一束黄纸。
春天带孩子去郊游,顺带教孩子认识植物。
每天上班,先骑单车再转乘一段公交。

被一件很小的事磕碰,一枚浆果被撞落,落即流散。
落得那么低,
　　悲伤的分别只发生在亲密的人之间。

清　晨

不要带来太多的信息，
杂芜纷繁。早起，沐浴，继续忙碌，劳作，
生火煮饭，清理庭院（如我有庭院），
请保持沉默，
与再不悲伤（衰老是很多今天在集合，
　　　　　所有的今天在无法停止地到来，
　　　　　如你感到了体力在慢慢流失，
　　　　　而生活仅是无限地将你抽取而无反馈，
请记得我们本不是为有回馈而来）。

去除成年后被存活、学校教育，被社会附加的身份，
荣耀的、喧哗的。

——我仅接受眼前这面积很小的清晨。
　　神与我同在此刻。
你有时我也在有的，我有时我知道你也在的。

融　化

有一天，我丢了心爱的小皮球，
祖母说：还会有的，不用哭。

有一天，一颗很喜欢的糖因久藏而融化了，
我对自己说：你知道它化了也是甜的就可以了。

　　　甜不是长远的事物，
　　　"世事一场大梦。"
　　　"万事到头都是梦。"
初见此字句之时，我还年幼，
我没有哭，说此话的人只是说了一个事实，
不是他在我这死了一次。
祖母说，这一生，她只为亲人的离世而哭过。

那时，很多后来离开我的亲人尚在身边。

"众禽里，真彩凤，独不鸣，"
可以从头和我细说这些的人都很沉默，
大收我此生之泪者，非仅死亡一事。

分　界

站一会，不要出声，
一个白天的喧哗让我窒息。
一个白天里我蜕下一层皮。

——不要再呼叫我。
——请视此人已不在，
不在了。
这是呼叫后，你将听到的留言，我才设置好的。
仅是此时。
明天我又将升起于地面，
我身上捆负的，不可卸载超过十二小时。

　　我仅需要一些分割线，两个白天之间，两件事之间。

明天走回街上，
剔骨还父　割肉还母的儿童，
再次住进我的身体。

站一会，看随意看到的什么——
"能看到"是神迹。
池塘里，我看到了一朵莲花啊，

水里生着很多花，我在其中找着类我的一朵。
我是我的一个井口，唯它知如何深藏我。
  有一天令我喷薄的，不是一场大雨注进，
  那只是被动地溢出。
  将我无端地、与我未来得及辨识确证的世界混合后的
  少量的我。
  燃烧着的，不会很快熄灭的我。
  我只是需要，休息一会。

下午的小树林

我在小树林里散步,飞鸟飞过天空,
——这城市唯一的小树林,
木叶不发出声音的小树林在下午。

大地萌出了新绿,在两个月之前,
我从上一个秋天转来,
这两个月,我走在来此的路上。

——又青了绿了啊,又将有花开出来,
　　需回报获得的每一点善意啊
　　绿意就是对我的善意。
谦卑、勇敢,这些词都是枯萎了仍会生出颜色的,
可用以活下去的。

——这是我祖母测试过的人生法则之一。
　　她相信我很强大,她把身体里蓄存自用的很多条命,
　　密授于我。

我鲜与人谈论她。
——当我谈论祖母,我不是在谈论一些过去,
　　我在谈论未来——她是我的未来之身。
　　我默计活到她那样的年纪所需的力气。

地图们

收集过各个年份的地图。城市,细及乡路的交通,
隔些年就发生一点变动的,数十年不变的。
我没有去到的,
此生不会走全的。
在纸上细看它们。
过去的时间我不在,
如今我在却不一定会走到的。
路们在那,
其他的人在走,也仅是走了部分。

偶尔相见的、用过同一张地图找路的人,
在同一条路上不同时走过,
在地图的某个点上,汇集一次,
同时走过时,可是你寻常在人群中的样子。

被不同的人走过的路。
走来的人——愿你不喜不怖。
愿你放下有差别之心。

兄　弟

我不属于任何一个房屋所有，
亦无与人有互相属于之举。

因此，
　　我也不能够属于这里。
　　只有死亡让一个人仅属于某时某地。

我天天经过的、这条河流的岸。
　　树木们各有方式报告季节更替的信息，
　　夜幕时，共历同一袭黑暗，
　　阳光来照耀时，一起明亮，
　　——生下根须就没再移动过的树木啊。
　　我的一些兄弟。

我是一棵树木说出声音的方式。

一次徒步

此刻,我以为往后还有走得更远的一次,
有一条更平的路。
事实上,最远的一次可能已经发生。

譬如眼前,草木发芽,开花,
渐渐根深叶茂,
是漫长的一程。

很多的攀越——
完成的只是寻常的生活。

通讯录

风经过一个被我记进通讯录的人,
那风也经过我。
——人丛中各自来来去去。
起风了,
感觉不到风时,是风在人丛中收起了声音。

我在风中经过旷野,起意为"我"临时定义:
——一些人间名姓的短暂收藏者,
　　减去通讯录中我和所有名字关系的总和,
　　减去可以被省略舍弃的小数点后的余数。

　　通讯录里趴着的很多号码,半生没打过一次。
　　年节之时,递一问候简讯即止。
　　似应问候,但又怕问候也是相扰。
　　有时写好信息又删,
　　一字字按灭。
　　担心字符也是对另一个人的惊动。
　　不惊动,不减再见时仍执手相惜。

转身继续各自的消失。

相见时彼此认真地留下的姓名,
其实仅是将一个姓名增加进通讯簿里。

立春夜

时年虽续永,今岁今宵尽。
我还在一件事情里忙碌,
只似寻常。

这世界在创造什么
"我"于它是何种发生?

行至"新年",无情、无绪、无话、无求。
传说今夜求必有应。

所有祝福究其竟是源于匮乏,
请用收到的祝语缓解生之脆弱。

年终盘点

年终盘点,半生所有,衣上灰尘,一个房子。
最爱是清晨,灰色的、蓝色的静,
　　偶尔有微风流动,温度适宜,
　　它意味黄昏要到来。

儿女不是我的,神寄养在我处让我看顾,
以此考察我对待死亡的耐心与恐惧,
让我敬畏使我活不下去的所有,
让我去爱水、火、食物、泥土、布匹,
让我此生行有牵绊,但缚我翅膀的也并不仅此一事。

被一个婴儿矫正与提升,
因一个婴儿的重量使我对下降、沉落不生抗拒。

也曾读了几行书,以了解他人如何活着。
——为什么天堂的模样是图书馆?
——有些死去的人,他在薄薄的册页里。
更多的人,只是寂静地归于大地。
大地借着一个雌性的子宫呈现他们为:一个人的形态,
一朵花的形态。
　　万物形容各异。

又及，我住的房子，亦不非我莫属，它也是大地的。
大地借由他人之手与我，
换我终日为之劳作。

眷　侣

爱着几本不属实名的书籍，
其一是《金瓶梅》。
　　被它出自谁手的讨论消磨的人，
　　可知复仇的手，
　　正用一册卷帙去浪费仇人的光阴，
　　让仇敌和隔世迷者一一为此发生损耗。

其二是《石头记》。
　　用红楼之梦收录青春与诗句的人，
　　一个恣意又小心地活过的人，
　　似无意于写，亦无意在"写"后署名，
　　像极一个被动遁世的皇子，
　　有过一世荣耀在身，
　　却任人一一卸下。
　　骄傲、冷漠、炽热，活得牵肠挂肚。
　　寄微躯于雪后，于一个"芹"字。
　　爱所有令名啊，册页间遍布尽姹紫嫣红之字，
　　只是世味都淡于他，低小于他，
　　一本孤高浩荡的书或可短暂地约等于他。

他们不愿在活时收到一些无知的肯定。

来自异代，我的同类，
　　他们写的那些字，一个个拆开，
　　只是字典和生活用语中的寻常。

他们用抚摸过书中人情、物什的手组合它们，
唯一使文字发出奇异光芒的路，万古仅此。

　　我知有些人，在人间活得越久，
　　越不想留下名字。
　　神是无名的，他在我们身边做着凡人。
　　他让他人的欢欣是我的，
　　他人的悲伤也是我的。
无可名之，名亦非名，
心有差别看人时之法相。
　　他有过所有人的样子，所有人中，"我"做过其一。

"我不需要后来者知我之名，
遥远的跟来者：有一天，你也必将心如远空，
不屑于人世的一些托付，
我知你亦会如大地，
　　什么都收载，不说一句推辞。"

我看得见"你"：在一件凡常的装束里走过民间，
而后再不出门。世事经多而为神之眷侣。

空白时间

多年住在城郊,
   做好手上的事情而外,
   很少与他人联系。

"一滴水都计费的生活。"
"越来越多地不倚赖人,而倚赖于机器。"

时间分成小段地过,一点点尝试。
有一段,分给过旅行,
到地理书上的人迹罕至处,或繁华区,
去看各种物质状态中的行人,
——不安,惊恐,焦虑,
我从中穿过,回到自己的生活里。

各种语言区,西语区,韩语区,日语区,
印度语,法语,同一语言区里不同的口音。

回到汉语,
我已花去可以买一座房子的金钱,
我不富庶,亦曾热衷于累积。

感受他人的困苦时我无法面对平常的粮食,
一样样被我看过的事物,蚀减我对语言的依赖。

——唯"时间"是贵重而锐利之物,
它领走的都不还回。

辑 三

秋分函

"很久没你的音讯了。"

"我尚活着,
尚未从这世界消失。"

"只是停止了在朋友圈展览日常。
重新划定了可分享的生活的范围。"

"选择成为母亲,
是为选择一个厌世时仍能热腾腾地煮一日三餐的理由,
不再生厌世之思。
和未来发生连接时需要的一束光,
在婴儿和一个成人的对视里。
未来的一个成人将对衰老转变认识。"

"来来往往的日夜又临秋分,
说过的一些不知轻重的言辞,
——能收的都收回去。
太厚的、无意义的资料堆积,
请节省空间。"

"我是宇宙之遗女——
它不请而至的、敏感、自珍的客人。"

简芸帙

"请不要惊动任何一个人,如我离开,
也不去告诉谁,只是像我睡了,
还会醒来的一次睡去。
只是这次,可能睡得久一点而已。"

"似你还会在街上将我遇到,
死亡并没有发生。
你回来时,若晚餐已好,请相信我虽未参与忙碌,
但有我的心意。"

"寂寂地、安然地把我归还给大地。"

"大地是我的,也是你的。
——不要碑文,不要在任何实物上写下名字,
　　忘了一件过去的事那样忘了。"

"大地之可贵在于会将'遗忘'的内容送给新来者,
如果你犹能在人间看到一些人在重复我的日常。"

"有一天你走在街上,
想到我在时也是这样的天气。

嗨，你会想起我对你说过的话：
悲伤并非不可承担。"

封　缄

请平静下来，而后读以下的句子：
　　深冬临尾了，春风忽然吹来，这是早上，
我一抬头，昨天还枯的柳树正在我眼前变绿。
我没有移动，平息着自己。
生怕因为发出声音，树就停止了绿。

我先去晨跑，我不能放下眼前的事到另一件事去。
——让到来的一件事有头有尾，
　　这才是比较好的一天。

——昨天的人群里，你不在场，
有人谈论到的你，
诋毁，赏赞，
过耳不记，亦不转述给你。

古井里藏下无人可见的波澜，
山丘上的树总会在秋天落叶，有人看到了停驻，
有人走了过去。
纵使相看多时也请不用不安于我未回以言语。
——为大海、某一条流动的江河，加上一个封盖，
　　严丝合缝地盖上它们，

没有接头，嵌隙完整，
再用水泥涂加封层。
(这是做不到的，我有过这样的时刻，希望被封缄并
　实现。)
把这水域封缄严实啊，从岸开始，细及所有周边，
不会被再次打开，不会被蒸发。

慢慢完成这个工序，有一天，
水面成为平陆。

——是的，我在向你说一位朋友的离世，
　她以离开使我成为被缄封的海。

如艰苦卓绝的日复一日的辛劳，
将一个人从大地上连根拔除了。
　（我这样比喻，不需要赞同。她留有亲人，
然而她只是她，她亲人们与她再亲密，也只是别人。）

今夜，我也以此述及一些远行，
就此别过之时。

冬天到来的条件

它会到你那,
也会到我这。

没有什么衷肠值得复诉。
　　太阳下没有晾不干的事物,
　　晾干,伤口们自己结痂。

我要去下一个秋天找人谈论未来。
在我身边的,我不一定都去把握。

我将告诉你:此后每一天,并非都是新的。
但它不再浪费我。
　　昨天没有死去的,以后不会死去。
未来的每一天,不需要想及从前。那些有的没的。

但我会就这么站着,
　　是这样无量而无际的秋天啊,
　　等冬天来了,
我就会把秋天到过的地方走完。

地 铁

它带来我头顶上只有大地的时候。
它知我常言尽于天空。

是这样的一天:被一列地铁所载,
我被它矫正,走下去,走下去。

它带着我,去某个地方。
去了,亦容许我原路回来。
起点与终点合一,多了一种方式。
　　我每天往返于同一列地铁之上。

　　像我每及张开便临闭合。
跟随太阳一次次升落。

我数次与它同停止于到达。
　　我到了。
或者,是我单方面止于它的开始。

　　记得有一天,我刚走出站台,
　　即被满天繁星照耀。
　　啊,这高楼林立间看到天上银河的一天,让我欢喜。

我停下来看。
　　一块小小的,尾随着我的黑暗,
　　把我包紧。
　　它裁去它多余的边角,
　　这些边角,也铺在我的身上。

我不是蓬勃的,我不能够答应谁每天蓬勃。
我也不是枯了就不会再绿的,没有保持而已。

辎　重

这是抚摸过天空的我的手。
它热爱种植,清洗,整理,
为每个安静的下午煮一杯热茶。

取出冬天的衣服,
在火炉下,读明天的天气预报。

房子越住越旧,返回到建成之初,
它空无一物。
如今被什么堆满?

一件件物品从何而来?为何种因由?

为何跟随我的物品越来越多?
我那么热爱远游他乡,我带不走的,我都将舍弃。

翅　膀

我不需要父亲，兄长，朋友。
不需要姐妹，母亲，一座容我栖息的城市。

也不需要一座固定的房子。
这样感受，但我不说。

被不可说的事物，
紧紧地缄封住的中年的双唇。

用一个世界来与我会合，也许，仅仅是重合。
　　　不要那么用力。
　　　我与一切必将分离——
　　　重合后那种慢慢的、慢慢的撕分。

请相信重合的部分仅可拆分为翅膀吧。

虚词的范围

黑暗在扩大,从房间,蔓延整座城市,
我能看见的天空和大地。

有没有一个——
  略大于黑暗的疆域?

容我分取自然之力修改语言的法则,
意在减除虚词,情绪。
  让果蔬米粮也能够省略附加程序吧,
  从田野收回,无需被囤积,
  再经多人之手,经复杂的工序烹煮,才到达你而为餐食。

请解释繁复中无用的仪式。
省下的仪式时间,
你可知道,是要和你去哪里。

内心断裂

我回到了幼年住过的房子里。
它一直空在那。

我以为只会离它越去越远。

很久没有在这里生火煮饭了。
这纯银色的灶台。
我用除夕的清水年年洗过它一次。

这些年,一些故人离去。

新的事物从大地从技术制造中
伸展进我的生活。
我放弃了很多从前的心。

我内心有一个非天然的断裂带。
   从前的人走过我时尝陷于我。
   后来的人——你们是新的。

   从未生长过,
   不懂疼痛为何。

悲伤时埋藏，欢乐时沉默，
不再轻易和人世粘连。

  眼睛看到的世界，是真挚的。
  可以用于飞行的。
  继续飞行并生长，不倚赖经验和规则。

我将慢慢闭合
不是终被补平。

冬天与大地

等那场能盖住大地的雪下来。
我又可以说:
　　　嗨,我又一次过完了秋天。

练习慢慢地忘记。
　　我需要每天都忘记一些事物。
让新一天有空间接纳我……
　　不那么重,很轻很简装的我,
不费力就可以载动的我。

每一天都不一样。
每一天的我也都是一个新的。

很多的他人之思汇聚为"我"。
然而,并非无限的我。
无处不在的我。
和一个秋天共在此时的"我",
　　是掰出的一块"好我"而已。
　　——羞愧于全盘托出。

　　余下之我,一点私人之我,粗暴之我,恕不分割。

大地一样辽阔而温柔的事物是什么?
冬天再次来了。大地,你那么安静。
安静而辽阔的你如大地。
我仍在你处。
我走到哪,都是大地之上。

新生活的笃行者

贴住泥土而建的房子,是我最初的一座房子。
现在我住在高空。
一座叠在另一个房子上的房子里。

  别人家的屋顶是我的地面。
  我的地平面是另一个人的屋顶。

噢,也没什么不好,
我只是不能抬头看到星星。
看不到我可以有泥土来种植。
我无处种植。

用于生活的大部分资料来源于工厂。
机器制作。
一尘不染的每一天,我走在秩序井然的街面。

日精月华,衣裳整洁,
孩子们按科学程序长大,被教育。

我是笃行者之一。

雨夜怀祖母

自别后,我还不曾去坟上看你。
我甚至忘了你已经在那里。
　　　终埋下你名姓之地。

一个静默的人消逝,
我也偶有厌倦人世之时。

一别经年,在哪重逢我很在意。
时间被我分类:有你之时与无你之时。

这些年,
河流推动着我的行走,滞留、奔涌,我被融汇、蒸发,
因为有了儿女,惧怕着会死去。

我还没有练习,你讲述的埋葬亲人的仪式,
——我想着一世都用不到它。

　　在这个下着雨的夜里,
　　我默想一些多年没有再见的人。
减少了一个,
添加了一个。

我在你笔记本上写过留言：
"不是你死去了，是我死去了，
是你在人世将我遗失。"

"我仅是未同你别过。"
"我看到了衰老正转移它在你那未完成的部分，
我知你已去异乡，我知你从不会因思念谁而哭泣。"

万物失联

一条没有走过的路上,
一棵树的旁边,我挨着树坐下。
阳光照过来,它照亮一切地方,它的照亮包含了这里。
这让我安心。

——昨日午后,我丢失了手机。
　　街上停电。
　　万物与我失联。

所有人为创建的秩序,
各种分类方法,反复使用的名字。
零碎的言说、事件,粗劣地拼接为"我"之定义
原谅我:
不接受在时间里过早地汇总自己。

我是宇宙的女儿,生下即被教化
生下即被它遗弃。

——孩子们,你将出生,你将长大,
而我,正轻轻为你张开手臂。

又一个黄昏在眼前到来了,一场雨正在落下。
让我们的拥抱声音小于黄昏降临,小于雨。

一生的身份

一粒麦子与一粒麦子，
今年的麦子，去年生过麦子的坡地。
我来此，用一粒麦子的身份。

在你眼里　它是什么？
——比麦子更低的麦子。

年年故作无意之中来这坡地，
好像只是因迷路而经过，
——我不想惊动这一坡麦子。

这没有被传诵过名姓的小镇，
被齐声认可的生长与建设的程序正义。
很多年前你知道的：得到与丧失总是同时开始。

此生所望甚多，所需也甚多：
　　应时的米粮果蔬，
　　冬暖夏凉之屋舍，
　　每晚有温水沐浴。
倘允复求，再容我置一庭院，种花种树，
花开着，树长着，
在我可以成为一个稍微理想的人的年纪。

根 蒂

今夜杯中之物取于何处？
这被我饮下的——它也只是被偶然指认为"水"。

载生载死的公器与公式，
祖母在香案前祈祷：
请赐我子孙绵长的福。

"绵长"，她停下，静默，复加重语气。
像在确认她能被听到，
像她倾听到了回复。

麦穗一样结籽，散落大地。
散落在尘烟滚滚的人群，
散落了，不可辨认。

我三岁，独自跑进一场大雨里，她出来找我回家。
她被我耗费。
我的女儿出生，她始蒙获我注视：
困住她一生的，仅是一个母亲的身份。

我依次序，是她熟识的人、同乡的人、

比她年少的人,同性,不太相关。

生而为"我",我仅是"我"部分过去的总和:
我被她养育并约束,
以互相收服与反抗　创建各自的生活。

　　我多么想变得浩瀚。
　　我少年时,你以为所有的樊笼我都能穿越,
　　能以一个刺的尖锐通过俗世的狭仄,
　　情绪稳定且体格丰匀。

先我存世的人:在哪都能使你扎根活下的,是什么。

从无名至废名

泥土下埋着活过的谁?
告诉我你在下一世回来时的形状?

孩子们,
你们正拥有完全新鲜之时的生命。

母亲需要陪伴,因而有出生。
大地需要陪伴,因而有死亡。

唯憾记忆与相逢的长度,难逾百年之上。
间以植物的枯荣。

我和"我"在午夜,
对谈过存在、虚空、有无、取舍、教化和进步,
与之相同或相悖的论证,
附及一些以话题度日的人。

另一部分人,他们劳作,无旁观他事、他思的心。
但让我们此时有食物,不用自己去种:
   粮食如何从一粒种子来到我们的盘中?
   多少人一生稼穑,隐于死亡。
   多少人一生忙碌,隐于人群。

返修之年

"院子里不要铺满石砖啊,留一小块泥土给我。
唯认泥土有再生之力:
埋入它怀的,会被它再次生出。"

"我熟悉告别烦冗的仪式。有一天,
它自然到我。但请删减。
请仅为我留取一条:埋我入泥土。"

  "我等着再次被大地生出。
  被生成一棵树,或是其他的什么,
  一棵狗尾草也很好啊。
  ——新生的,小小的、弱弱的、植物的幼年,
  是气息,活力。
  我羞于以自己之老占用新的空间。"

"孩子们,祝福你们被珍爱,
我怀抱过你们。你们被任何一个人再次怀抱之时,
都是我在回来。"

  而今,我已活到一个长辈抱不动的年纪,
  浑身是刺,钢筋铁骨,锈迹斑斑。
  需返修之年。

同　辰

把一个儿子埋到母亲身边，
她带来的，现在交还给她。
过早的交还。疲惫中交还。
他走在了母亲前面。
(母亲还在)。

我悼念墓碑上的名字之后，
那一个有具体职业的人。
身份：谋生者；职位：家长。
(而非一个士兵，或如你，一个医生。)

他和我同时期活在地上。
先我而行者，素无交契者。

他不在了，我还在，我为此羞愧。
我在他的死讯里悲伤。

他不在了，名姓还在，我用泪水擦。
——需要我记下的、让我的孩子也记下的。
需要我在行途中感恩和致敬的，
我也不会常在，有一天我们都会不在。

我们都不在的时候,
取一页纸:去册页里复一次他的名字。
我此时正一笔笔刻录下来。

我写祝词:愿人世因此谦卑。
人世间,唯一不可馈赠之物,是一个稚子之父的身份。
——以及一个没有到期的儿子的身份。

一个新科的父亲。
一个父亲,你需要等孩子长大,甚至陪他抵达中年。
一个儿子,你需要在母亲面前好好活着。

我珍视我在另外的城市,
曾与你共用过同一时间,那是唯一纪念。

深 冬

生者和逝者之间隔着一次黄昏。
或者多一些的黄昏。一场大雨打湿了衣服。
不要让母亲看到你哭泣。

不要在晴天哭泣。
晴天是逝者的礼物——需要庄严答谢以珍惜。

不要空洞的致敬,不用苍白的虚情。
如何答谢?不要耗费他用生命护卫的。
如果你知道,他护卫过什么。

蹚过这场冬天的大雨,
那些铺垫脚石的人,他们和我们,隔着勇敢。
哪怕是被你说为一生仅此一次的勇敢。

总有些人,不为浅薄的荣耀而活。
不为活得比后来者更像一个人而活。
曾静寂如你我。

他只是一个勇敢的人被自己偶然完成。
他弯下身体倒下,不是让你够得到给他戴上花冠。

息

不是完全的我在这——我置己于此,仍有剩余。
我仅以部分与宇宙合一,
有你没到过的边际,
寄形于一渺小肉体。

偶尔颜仪苟且,随生随死。

被定义、驯化、削蚀,被差遣、议论,
这一百年——一阵风的经过,散而为息,
聚而为精血意识。

我做着很多人间的事情,但无情绪。
烹茶置酒,你若来,无话亦好。

——那一年,你去大海上航行,
　　在没有被搅动的浩瀚里,
　　那茫茫,是我没被你走到的边际。

"那海水的茫茫多么不可沽取。"
"此沽取实无意义。"

从无中而来,被看到,还以感知,
然后回去。

辑 四

瞬　息

一年的四个季节之一而已，
我写过冬天的苍白，如同一场雪一直没有停下。
大家一起等新年，好像新年可以将我们浣洗，
骄傲、冷漠、长着芒刺。
投身于人群时，努力匹配这尘世。

我素未研熟生之技艺。出自狂风与尘埃的，
一粒沙子，随方就圆，甘为一切外物消磨，
　　　为有一天，不硌疼同类。

一滴眼泪慢慢地滴落，
一生多么长，都会被过掉。
多么长，都会成为后来者言说中的瞬息。

新 年

最后一个记得我的人,
请以他的死亡忘记我。
宇宙中所有都将不再和我有关,
——我说过,这是终极的死亡,
万物终有了结之地。

又是一场寒流,它去年来过,
它并不新鲜,去年并没有将我掏空。
一个在去年怕冷的人,
今年可以不怕,我新买了棉衣。

一个每临新年即和过去清算一次的人,
不会把每一天过得很连续。
  被各种规定所修正,
  被某个位置所固定,
  被某个族群单方面命名。

维护被去年用旧的心,
人总有被无意义之事消耗之时。

——在内部寻求着不必示以外见的更新,

被诋毁、强压气流和感冒病毒重组的装置。

喝一杯酒吧,不要带鲜花来,
那是我爱过的,但如今已不爱。

活 着

所有经过之地都陈列着我生之所需。
像我被十亿个母亲爱着,也被十亿个母亲教育。

我住在喧哗的某个漩涡里,
一蔬一菜,一朝一夕。
不能哪一天不爱过,
就把哪一天删掉不过。
我像写字一样,一行一行把日子过下去。

不堪处轻薄如纸——
我数次向往死亡为平复与安息。

一杯酒就可以惩罚一个提早离席的人。
那提早离开我的人,恕我重复一次:
——你们应知,
我不喜欢一杯酒还没空,就去听离笛。

提早离开我的亲人,今夜我用一杯酒向你起誓:
  我仍会兴高采烈地游荡于人间。
  我学得会怎么活着,
  我并不挑拣。

　　　　我曾经多么挑拣，且不宽容。
不会隐藏缺陷——敞开着伤口，我确信可以自愈。
　　　　我行走，深怀对存在的质疑，
　　虽然这质疑总会被白天，
　　被热气腾腾的日常覆盖下去。

我以你的死相信了，活着的都会死去。

夜航船

酷爱夜间飞行。买一张又一张长途飞行的机票。
高的"空"里,远途,掠过结冰的洋面,
   在那儿夜晚俯瞰大地,
   在大地的依托之上度过的"生"。

焦虑,藏着波澜,
   但拒绝伸出求度的手臂。
眼睛合上时,心也醒着,到了天亮,
又焕然一新投进人群——密密麻麻聚集的黑点里,
再次成为其中之一。
   微小,倔强,弱智。

有气息之物,无气息之物,
与我每天互相经过,
被神灵、祖先审看的具体。

向每一天取"有",
攒出来,交给"去"。

手捧时间分发,一点点,只分感激。

河堤会

有一小块泥土就可埋我一生。
太阳经常照在那，它知道我在那。

一场被我等过一生的睡眠，让我静静安睡。

你不用再来这块泥土之旁。
你回想些什么。我将不愿知道。
一些人经过这里，
——不必知道我在这里。
在太阳的光里，我将变作光芒的一部分。

不要哭，不要让我看到你的手，用于擦拭泪痕。

请用你的手去种树，
请相信某棵树会接替我活下来。
请爱它们，一切有生命的，会生长的。
我轻视与不屑的，继续由我去轻视与不屑，
你遇到，请绕过。
请相信被我爱过的，在慢慢变成我。

"我轻视很多事物，因为需要珍惜的事物更消耗我。"

"她没有留下话,
她想说什么,我大概知道。"

  以上是我对外公的记忆之一,
  某年随他在河堤的树林里,
  找外婆的坟。

水门桥三号家庭留言簿

"你会忘记被你喊过多年的一个名字,
即或是我随死亡而行的事件发生。
我仅是离家,出一次远门。
　　　　星空深远,我就此失信,
　　　　　没有每天陪在你身边过一生。"

"从每天打开一次的窗子前,看树木,
不止息地生长。
被你认可的生活,只是秩序,规则。
回想十五岁,某一次逃课,
三分之二的选择出于被动。
在适龄之年生儿育女,以婚姻之名。
——这一个孩子,
　　我将把他带回到上一代人住过的村庄喂养。
　　喂他草,让他认识蔬菜,学会种植,
　　教他盖房子,让他认得霜降之夜和祖先的坟茔。"

"待他长大了,或仍如我一样被投进人群之中。
被赐一模糊名号,民工甲,或某某师。
我也会如你祝愿我成为母亲那样,
　　　祝他成为父亲。

祝他用与我不同的方式养育婴儿,
并终其一生不会受拘于匮乏。"

笺纸上暗涌着牡丹花的隐纹,
黄昏时又一次取出。

"我不知道她可去哪里,
她信中的村庄已经不种作物,不可盖房屋。
我将在明年搬家,
这里将拆掉、更名,以一间屋之基升为三十层高楼。"

春　假

下午看了一场电影，
另外的一个人像我想象的那样活过了一生。

黑暗为什么每天都来一次？
　　　　包围我的房屋。
我偶尔在黄昏之中静坐，并不开灯。

我总是拉严了窗帘
——灯光……也是会逃走的事物。

想着白日之长长，
一生之短短，我钟情于置物，
寻求着同类在身边。

春日念祖母

一个人给另一个人写信,
很多人写过。那些被人用过的字,我都嫌弃。
我的信,如果你收到,请相信它仅此一封。

"活是一件不需要声张的事,
正经过日子的部分定义如下:春天里种果种菜,黄昏读书。
劳作而不抱怨,有一座房屋,有儿女。"

"人们彼此怨恨、轻薄,因为孤独,
仍旧聚堆在一起。"

"我欲将以上部分略过,
你已替我经历。"

"星河之光在上,酒杯已空
且倒不堪于酒杯里,
一饮而尽。"
覆杯在案,手叉在腰上笑。

"每一件事都不是我的全部,
有一件事长远就很好了,比如我每日沐浴、整理床铺,

我一向吝啬，默默中存储，
　　积攒着辽阔和平静，
　　一些事件引发的疼痛，
　　　滞涩中将干涸的河流——我将载水而来，
　　　无法种植的一块泥土——我倾力开垦的，
我惭愧于自己的匮乏与有限，
半生与肤浅、贫瘠为侣。"

如上言词，
通过一条信息到达你住的城市、街道，经此时之我，
——你知出处与来历，亦无对他人的引用。

——这唯一一次想与你倾谈的念，
　　发生在死亡欲将你我隔开之时。

某年某月某日，石榴花刚开的早上，
你一语不发在窗下读父亲给你的信——报告我出生。

——"她将有怎样的未来。"

叔　叔

最远的一次离家,是去一百里外的县城。
送小女儿去读高中,
此时,他安稳地向我述说那次旅行。

先乘拖拉机,搭一程班车,再步行。
他有一辆脚踏车,一辆牛车,
分别用于去三十里外的集市和他的稻田。

他今年七十岁,仍在爬树剪枝,
犁地,播种,收割。
每一天都很忙碌,没时间访友,
病了也只是休息一个晚上,让一次睡眠还回力气。

他有一条狗,
生人来了也不叫喊。
能默默跟你走几条街,直到你离开他住的镇上。
清晨即起,鸭子们自己去水塘里游泳,
黄昏了按时回家,不用他召唤。

他端出果实待我,像与我失联多年再见,
他一直微笑,问一句说一句,似乎言词是珍贵之物。

庭院里有些植物,灿然生长、凋落,
是他随手种下,他只是觉得地不可空,不知道它们很好看。

——他养的一院活物,
　　性格都有点像他。

太阳搭在他头上,光芒让他眯起了眼,
那天,我向他问路,
一声"叔叔"出口,他将我当作他的亲人。

完整而良好的一天

完整而良好的一天,内"容"有四:
  需要珍惜的部分,
  需要谅解的部分,
  需要用力跳过去的部分,
  需要嚼碎吞下消化的部分。
  在清晨沐浴并认真地早餐。

然后开始忙碌,昨天列在笔记本上的,
  一件复杂工作需了结的中段,
  下班去菜场买蔬菜和水果,
  记得煮粥,给一个朋友回电话,
  擦灶台的灰尘,
  洗床单和当日穿过的衣服,
  临睡前写好下一天的计划和备忘。

这是每一天。

一生中每一天发生的变动都是小的,
小于孩童的变化,小于期望,
但被上一代人称之为"稳定"。

"我"的空间里几无杂陈，
避免了我对生活有妄念。

二十四分之一

黑夜涌来,但被一张青绿色的窗纱挡住。

我小小的榆木书桌,旧籍不足百册,
册册经过我挑选。
我唯一对此思思量量而不觉耗费时间。

坐在它们旁边的时候,
是我缓慢地在人世生着根须的时候。

每周整理次序,
我爱的是某一个人曾经活着,
　　　死了以一本书的样子来与我相见。
　　　迷恋那一种字句的组合,
我被它单纯地陪伴。
　　　被可依赖的、稳定的事物陪伴着,
平衡掉内心的疲惫。

这一刻,我伸手即可触到光芒。

很好的一生

房间很小,偶尔外出旅行,
七天中有五天早起并焦虑衣食,
养育着一个幼儿,他在我身边及学校中长大。

此生并无其他要事。
即如婚姻,也不复杂。

"你将有很好的一生,天空经常蔚蓝,
正午的热,下雪时的冷,
黄昏的静。"

时间被很多替代并节省人工的创造延长。

"惮于被人所知,被嘲笑的部分是你我间共同的空白。
被单方向定义。"

即使过得不快乐,也弯下身说:很感激。

生芒记

此时与你相对而坐的,是一蓬意与息的聚,
不是一个肉身。
一些摹世量思之声音找寻到形状,出口唇而为言词。
——慢慢地气流浮动,只一句,就能与同气的魂灵相认,
从此摘下面具相见。

我愿意将身体当成一个空间,
　　　供一些虚实,有无归属之物,
来此暂寄。
以毛发微孔之洞开与外界相接。

适我者,我适者,与一汪外皮围裹下的骨肉器官匹配,
误入我者,我主动去攫取的,
于稀缺,于寻常,于寂灭,向远探索,
　　　属类,性别,姓氏,区域,复分目次。

来丰富我,置换我的部分或全部而去者,
　　　以来来去去之流动更新我者。
来束我者,来开掘我者。拓拓收收在我周边之疆界,
请莫以现有之尺度我。

待干枯时,向大地奉还以身躯。

    火苗微弱处,无力地垂下翅翼。
    合拢双手抵挡风,
    将血滴在燃灯的油里。

闪　耀

哪些是你给我？
——只待一次唤醒我就熟稔的？

哪些是需要我被训练、反复研学，
才可以勉强领悟的。

哪些你会收回？
哪些你要放我手中？
哪些促成我和另外的灵魂，
用同一个音符闪耀。

将每天视作"此生"的一小段，爱惜着使用。
我是慢的，笨拙的，常常使用放弃之法，
四处滞留。

我看到行人走过，看到他们看不到的事物。

子若不返

"那年八岁,放学回家的途中被一辆卡车撞倒,
她再没有回家。"
同事家人向我述说四十年前的一件旧事:
"姑姑依旧活着,小女孩是小我一岁的表妹
当时和我一起住在祖母家。"

"我想象她中年的样子,
生育儿女,穿油污的衣衫走过菜场,
或者她远去他乡,我多了一个人可以探望,但要坐很久的车。"

"死亡是什么?去那的人从不传消息回来。"

"它是一种隔绝。"

置一件屏风隔开的事物都是小的、碎的,
死亡隔开的事物,细细一想,也是小的、碎的。
彼此无碍地互通着消息的人,通的消息也都不是大事。

她去了,就去了。他转述姑姑的话。
"有二三十年,姑姑仍住原来的街巷,
每天黄昏去走走小女儿放学的路。"

"她不回来,我可以去她那。"
"子若不返,应许我往之。"

在死亡那存了一个亲人的人。
走在与亲人汇合的路上的人。

过来人

这一条路走向安息吗?
太阳陨落之时,
我也要萧萧地、炽热地、冰凉地陪它陨落一次。

经历中的某个寂静与此相似。

向你要过一个寻常的午后,
在数次更改过名称的街道,
请你同观自然之相,
时间钟爱附形于何物、何事?

一个未来的人,
一个过去的人,
一个眼前的人,
我不能说,我都怀抱过。

大地——你尽可任性抽取一个我的细节名全部之我,
但你需向我确认。

虚 淡

黄昏来临时,只剩下人群,我从人群中走回家。
——一壁书,一杯茶,床单洁净。

书皆简帧,杯子用了多年,杯口有磕伤,
偶尔饮酒,也用它盛。

就那么坐着,
——不写文字,减省地使用词语,
将一杯茶喝到最淡,
才不舍地将茶叶泼掉,
——轻轻地埋它们于树下的泥土。

用下雨的声音作睡眠音乐,
把摇篮曲里尖锐的音符拣去,把高音按到低音的位置。
偶然有一两声蛙鸣。
请星辰用它的暗陪我。

它的光亮,
由去往明天的人汲取。

看到两岸,我只能去一岸

雨偶尔落过心头,
在海变辽阔之前。

道别后的重逢一向不多,
蹚过河流,看到两岸,
我只能去一岸。

走在雨里的时候,
想过肩上的雨来自何处?反复到来,以霜露、冰雪,
风里的湿润。

我因此疑万物都是一个离开的亲人被反复赋形。

6月21日,夏至

夏至之日,榴花尚有数朵未落。
紫竹在昨晚的一场雨后更苍翠,
新叶盖住黄叶。

此时是早晨,想着一年光景又半。

一个认识的人前几日走了,
没有声息,
与我也只是多年前偶然一见。
常见之人无多。

数次移换生息场地,
自以为身披铠甲,
任何一阵人世的风吹过,都可以收它。

寄一束波斯菊与你

开满了波斯菊的河岸啊,
我从你生了哪种植物了解你所在的大地。

我怕惊动你的匮乏处,
我怕赞美你的光芒时,
你怜惜我肤浅卑弱而多疑。

我素不是万物的灵长之一。
我生下即被各种分类所遗漏,
空有一个人间的形状,
多年未有同气与家园将我收留。

采一束夏至日的波斯菊寄你。

为何是它而不是另外的事物?
      它是我想到你时——眼前唯一之所见,
      并可触手拥有,我选择了想拥有一个
      事物时之触手可及。

(人们将此名之为"易",
有时又说成是缘之起。)

有生死者皆秉异质,请放弃常识中人与人之间的联系。君或与我同类。

辑 五

6月23日,星期三

收到信息,数年前于此日我买了一辆汽车,
问我:它尚良好否?
记得年检与维修。

它仍很结实,几万公里驶过,
我与它合一为城市的部件。

可容留我的、安在大地上的可移动的空间。
量过我之半径,
或有一天,载我荷衣素淡,向空山而去。

终生不复重返之地

黄昏时,我总是难以面对一天的过去,
新一天来临时,我也并不平静。
与我同行的异物,
彼此裹挟。

晨昏中一路追随,
奔跑中我来不及欢乐、思想。

——眼前被我过掉的一天,
我终生不再重返之地。
它伤害着我,以爱我之名,
它剥离着我之所有,并不还回。

类似被称之为"吾乡"的那种事物。

亲人啊,你看万物形异,然内核雷同。
多么枯燥无趣,仿佛预告我不需同伴就可以走好一条路,
一个人也可以过好一生。

致一个仍在思念母亲的朋友

"她现在哪里?"
"那些仪式,
只是引她从今入驻一个能代她继续活着的人。"

"死亡是一只过滤器,
一部分湮灭了,
一部分转移到她想与之合一的人那里。
决绝的相赠,让另一个的身体里多一条命,
促其轻盈,而非致其沉重。"

漫天飞雪和滂沱的大雨,
代你反复表达着你对一个人的不舍。
无数的另一个你在哭泣。

此日之后,若仍有泪水充溢你眼中,
请禀告母亲,那仅是因为你过得很快乐,
很顺利。

6月30日再记,我们都将和她再见

"她去了哪里",一个幼童,翻开照片册,
指着照片中的你,
春风吹着的笑脸,
黑头发长长披下。

我无法向一个孩子解释何为"永逝",
并述说此前我似已悟透。

我想开口,忽然又沉默。

"微小个体的局促,滴进了空茫的浩荡,
转瞬失去声息。"

我只是紧紧地抱住眼前的幼儿。
他向我述说:"自从上次离开,
她还没回来。"

"她为何不回?"

"下课的钟声忘了响起,回家的途中迷路。"

"她去一个神秘的地方睡觉,
不愿我们去惊动她,不想有人把她叫醒。"
"她想好好休息一次。"

"我会帮你去找她,等我认识的那些孩子们都长大,
我确信,我们将和她再见。"

"是的,经过忘川,她也会将她的孩子记得。"

爱 惜

我幼年在笔记本上写到的字:"爱惜蔬果米粮",
使我爱上冬天用一场睡眠休养生息的土地,
爱上那些一直躬耕于垄亩的兄长,
他们分担了这个人世,本该我去照料的亲人,
一场场春风的沙尘——总是带来雨水,
一些亲爱的人在劳作中衰老的信息。

那个离家之时才十四岁的孩子,
偶然读到书里的秋天——好像生来丰腴,
一年比一年薄淡的,
植物生发,
此去安好只是我收到的祝福,生老从来不是我的寻常事,
仪式只是盛我悲伤的器具。

第一次站到放了花束的亲人墓前,我五岁,
祖母手搭在我头上说:
不用哭泣,活在世上的,死去的,同在大地怀里。

今夜比每一夜沉默

熟睡的、安息的,都会醒来。
比夜还大的覆盖是我们如此相会,
被一只长明灯洞穿的今夜之静寂,
是天地物我俱在的凭证。

为夜风轻轻吹着,吹着而展开,
——被前面的人用旧的日子,
是一匹布没剪裁成衣服就已经旧了,
是一本没看过但被抚摸过的书在光阴中薄了下去。
是你我另一个亲人,年纪小小,
正将被一场病痛带走。

无可替代的——独在苍茫时分,
(这守灵之夜),
使我今夜而后只有沉默。

丹桂夜

这夜似只为一棵丹桂所有,
花香微醺着……那些空旷。

街角那个不耐烦地等着绿灯的行人,忽然微微地侧了头,
觉到天气在变暖了么。

一个厌世的人,承担着自己的不堪,
不生动的事物还在眼前。

一棵丹桂……在千万棵树之间,
它的花……只是它的孤单。

同　渡

有没有一个悲伤时停在唇边的名字，
适合一个羞怯而缄默的人呼唤，
来自沉静午后的树正落叶的消息，
我又走到了这里。

俯首谢恩，一杯酒轻碰另一杯时，
一件件给自己置衣裳，分明是添铠甲，
哪一席宴，哪一杯一饮而尽咽了下去。

少年那样来见我，老人那样来见我。
珍惜我的人那样来见我，陌生人那样见我，
如果有憎怒，不必放下。

于俗世空间寻安置。于人群中，像被人描述的那样，
作同行者忠诚的同类，减尽异质之迹。

往后你将随同这人流赶赴哪里？
被带动，自觉或被驱使。

如恰好有一段同程，你看到我也在这里，
嗨，但愿你相信我不会惊扰到你。

太阳颂

秋风中倚着一棵树仰望天空,
一些变故正在发生——
苍翠而为凋落,正午而将薄暮。

我在一个亲人离世后变得沉默,
血液之能燃烧只为与火焰一色,
爱惜肉身但为照管肩头尚无法卸下的一切。

从枯败的草地上笑嘻嘻地一路踏着露水,
——太阳,你不必抵达所有清晨。
常有将近冷冬之时。
——你照到我的时候都是我的好时候,
"太阳",
愿你记得人世为你取过的这个名字,
我到过你无法替代的照耀里。

今夜有雨

灵魂为俗世所承载。当有一天,
我离开了岸,独自向远。
  我曾为谁?滴水还是流岚,或是小小江河,
  蜿蜒曲折执着于奔赴,
  微如尘埃的我,风里散向四方的我,
  没有从无处不在的物欲羁绊中析出的我。

同我一起混沌于尘埃的,
不能同我一起离开的。
秋天过去,我证实四季流转从不会为某个单独的人而止息。
  被冷漠的心偶尔歌唱的事物,
  太阳,请用你一次新的升起,迎这谦卑的向往
   过遁世的女子,
  请用一颗慈悲的心安抚她经历的疼,
  请容许她一语不发地向命运低下头去。

清流明净,白沙恒在,
看那潮汐,来了会去。

我因看见海而知道了,

——海只是一个被收藏起的自己。

今夜有雨,迷人从天空返回大地。

爱是温柔的事物

"孩子,你是谁?"

"我是河流被阳光蒸发的部分,
当你是河流。
我是寂静山林中你向天空说出的话,
我是你命运中所有问题迟到的回答,
我是你的血肉。
唯有我,能用你的意志活着。是你孤独的灵魂
仅余的知音。"

"你用半生时光和我相遇,
用半生时光迷茫地生活,
此后将有静夜,当你独在,回想情义、故乡、梦想
欢聚和分别。我也许仍在相遇那天等你
我二十岁,你亦年少,
——洁净、鲜艳、温柔,
仿佛会永久将彼此等待,
仿佛从不悲伤,并信任此生此世。"

"如果我活得比你长久,我必将好好活着,
如果我先行离开,那活着的,不必同我死去。"

葬亲之地

一场月光疼过大地,
这永世的村庄,埋葬着我所爱者的亲人,
是否也可以埋我?
我爱的人在这里流过泪水,
他的泪水,被哪一棵树哪一朵花收藏?

尘世中那些相遇,唤醒着灵魂,
当我被一些事物耗尽骄傲。

失散的梦中村落,多年后偶然重回,
时间最擅修改人之初心,
因缘不灭识性真,
人间处处有缘劫。

这一生,我从哪里来?
我所到之地,是否可作埋我之乡?

向大地远处张望日落,那日之落亦似日之升。
风吹动我的头发,正被一场黄昏的雨水所打湿。

日暮时分

我坐在河边看叶落的时候,
看到远方忽然升起淡蓝的炊烟。
很多年,我住在另外的被他们称之为城的地方,
厨房中清洁的火焰,晚霞被霓虹晕染,
植物在灯火耀如白昼的夜晚生长,
没有黑夜来掩蔽的生长,
羞涩正被一场工业文明撤掉。

我和泥土在前世的关系?它们是否喂养过我?
高楼中的城池,
我们已深深默认互为彼此的部分。

我需要一粒谦卑的粮食,一场播种,
带我的灵魂返回大地。
那留在远乡的一亩一亩稻田,逐渐衰老的人,
今夜,我想起你们。

最后的死亡终将会把我们集合到一处,
……也许任何一场死亡,惊动的都只是一个亲爱者,
然后,悲伤被忘记,生活照样开始。

树叶笺

我将使秋之清气长久留下,
郊外的树林,听说正在落叶。
……红枫、白桦、黄杨
它们的叶子,在我幼年时是朴素的书签。

还有那些铅笔写在树叶上的隐秘汉字,
被我涂了指甲花红红汁液的叶子,
被祖母皱了眉头收去。
然后被她随处扔掉……
像一只只在蛹里受到惊吓的蝴蝶,
虽然长大但害怕飞翔。

偶尔在一些旧书里,
还会看到几片树叶的书签,
透明的,薄而脆弱。
隐约辨得当年笨拙字迹:

  锄禾日当午

  耕犁千亩食千箱

  睡觉东窗日已红

犹记彼时也爱:劝君惜取少年时。

你在等哪一个人同你一起回到这个家来

那些开了就落的花,比如榆荚,
我不相信它可以象征感情。
月光有些像清霜,那一眼古老的水井,
取水其中百年,依旧看不到井底,
像要替我藏下所有我虚度的时光。

某一年某一天,我走过母亲住过的一所房子,
门板红漆剥落,屋中桌椅被你叮叮当当修复一新。
生火烹茶,经年的棉被抱进阳光中晾晒,
清水洗净庭院,
亲爱的,你在等哪一个人同你一起回到这个家来?

旧街旧事

我走过的一些街巷，很多年过去，
还在原来的位置。
下了雨就泥泞下去，
多年来仍旧无人修复。

分别到达祖父、姑父和一些幼年时抱过我的，
不知已嫁向何处的姊姊家的路。

传说每天从东边过来的太阳只是同一个太阳。
而月亮，倾夜之所有，也只是一个，
每夜每夜都在。除非一场雨水，
那是它被一个人或一件事惹哭，它流着泪水，用一朵朵云，
将自己重重遮蔽。它不让人看它哭时的样子。

后来，我们长大，
知道月亮只是终日沉醉于生长万物的大地安静的妻。

多年以后，从前缀于街巷当中的一些水井，
依旧清澈，
用这井水喂着孩子的母亲，
趴在井口在夜晚向水里看星星的孩子，
都已经老了。

深深谢

灰烬里闪着一粒火,
小心看顾着,它如此微弱。
　　　会熄灭,会失落的,让我活得小心的事物。
　　　护它的力不够时,无人替换时,
　　　熄了就熄了。

生火之物富足时,独自在寒夜时。

我出来时,手里无这粒火。
它是后来有的。
轻轻地,向它取暖。
——足够好了,这已是很多。
大地肃寂且繁密,来的人各自取走了自己想要的。

深深地谢,深深谢过。

岷江十日

有一年我溯岷江而上,
一条萍水相逢之河。

小于所知,
大于虚设。

流过很多座山,洼地,有些泥土上四季有雪。
南华山,青城山,停留一天像一生就此被其收下。
然后,再给我一生。

到达源头时正逢日落,大雪纷飞中返回,
走来时的路,不是从另一岸。
一步步退,仍在来时的客栈停驻,
去江边有路时,就去捧江中的水,
将脸俯向过它。

跟着它走,在它与长江的连接处,
静默。复回十天前的生活。

边　界

我用神在与不在定义世界，
时隔多年我有了一些变化。

我的灵魂在行走中关闭了与"已知"对接，
部分的弱，暗，和疲倦。
在降落的途中，
在升起的途中。

——清晨来临，又以最新鲜的一次命相托。

醒来了，念着如何将昨日未了之事完结，
昨日不是终结。
让每一件到眼前的事，都有可看到的边沿。

　　神在一个凡人的相里度我成佛，
　　我常错会日光很短，
　　而"生"涯无尽。
　　衰老分解着来临如同不会来临。

（且以"活"之有边有沿，
补宇宙中走过半生而不见其边界。）

家族谱系

母亲是大地的另一个名字。
它比母亲多做了一件事,
——我知道但不曾说出的四个字:
收留死亡。

粮食,果蔬,草木,河流,山岳,皆与我一奶同胞,
某次写及家族谱系时,我庄重地把它们写上。

大地与母亲互相模仿,
——比如风吹雨打也不发出声音,
——比如一日一日沉默劳作、生养,
载负、托举,
盛我一生的辗转、枯萎、蓬勃。

她知道天空在上,但绝不轻浮地谈论。
她可以一个人在很小的空间里把生活处理得很好。

——都是她的。
——都不是她的。
她有的,你尽可去汲取,
她无的,你描述得出的,她必会为你创造。

她是谦卑的,以一粒尘土与一脉气息的呈相聚而为形,
她是辽阔的。
一步一步,你都走在泥土的坚实之上。
   可以就停在这里,
   可以走任意远。
   可以再不回来,它鼓励你不需要回头。
你走多远它就将自己等倍伸展多远,
它因为你而使自己成为你理解的凡身疑似神的模样。

是的,我认识的死亡,
——就是久一点、深一点地
  被大地裹在怀中。

辑 六

厨房与婴儿

提醒我时间正流逝的是我种的一棵树。
是忽然收到一条信息,
一个意气风发的青年写:
　　　　　婚姻,是现在的书房被厨房侵占,
是半夜出来喝酒时,想着第二天须要早起。

他在去年有了一个女儿,
被一个婴儿笼络、收束的早起早睡,
稳定的日食三餐。

他将在一个婴儿一天、一年、十年的变化中,
感染父亲遗留下来的衰老,
并信任佛有三身不可得但可见,现在、过去、未来。

"我将返回被忽略过的小事情:
无论做什么,我都会被衰老感染,我只能专注一事
这件事正在到来,或已经发生。"

"将我与宇宙、自然未完成的沟通,
交由一个婴儿。"

寒露日,乘地铁去新街口

种一朵花,花落是花替我离枝一次。
——收花的种子,给自己续航。

去过的地方,仍可能再去。
被过掉的日子,从魂灵里剥去。

上地铁的时候,记起一个在餐桌上碰过杯的人,
今年不在了。他拥有旺盛体力时,乘这辆地铁陪他的女儿
　　上学。
另一个人也每日两次乘同班地铁,差不多的时间,
但从没在地铁上见过。

城市变大后,我不再依赖单车出行,
——也许不是因为城市变大是我比以前忙碌,
比以前更眷恋每天与日月星辰之一晤。
又隔着不需相识。

苍 耳

雨来时淋雨,
风吹过来时被风带走,
只一捧薄土就可以生出根须,
　　　也不管地是何地,是否适你。

完整地拔出根须,拂掉根须上的附着,
拔出骨肉中的一根刺。
而后,这骨肉似乎仍可复原。

在河岸的草丛里,看(看管之看)一棵苍耳经过夏季,
一些黄昏,我偶尔抱膝坐在它的旁边。

星辰的光里露水在慢慢落下,
毛茸茸的苍耳满枝。

献卿酒

酒论觞,而我,论"滴"。
一滴滴混着尘埃,
一滴滴蒸失在光里,一滴滴缓慢促聚。
轻轻地,不需费一言,很多人事将我轻易提取。

滴我入酒,酒在杯里。

行途中或有踪迹,
——狭仄与久滞里,沉下心思,
请允静置,屏住呼吸。

笃信太阳、雨水年年到达我在处的大地,耐心种植,
一滴滴收谷物之浆汁,
收天地间义气,
浅与薄,倾盖求,都珍惜。

   拍水来时三百日,醇厚非一夕,
    引浆得酒与卿共,满杯入盏开宴时。

且加箸,更添灯,
三分酒,何泛泛,

十分酒,复交杯。
芸芸与浩渺在舍下有名字。

11月19日,下元节

一群鸟飞过我家门前,
与草木共同经历发芽与茂密,
桌上一本祖父留下来的书,
早起沐浴,
把水烧热,食物煮熟,换上洗净的衣服,
不与任何人交换内心被冒犯后的低沉。

呼吸,思考,劳作,希望生活不那么艰难,
不快乐每天了结一次。

向一个孩子描述一个他尚没看到的事物,
为隔壁长者端一杯水,在他无力走到花园时给他摘来鲜花,
雪厚厚盖住道路时,起身去清扫。

能更新我的,不会令我衰弱的。

橡皮擦

与一个长我六十年的人同眠。

有一天,她一早喊我起来去看雪。
正在下雪,预计蜡梅就会开花了。
——她揪着我蹑手蹑脚走到树下,
她让我不要发出声音。

"难道轻盈的我比雪让它感受惊动?"
"你是它的异类,而它和雪,是同类。"

"它不是一转瞬就开,你要耐心等。"
她知我迷恋一切不可解释的事情,
会把事与情常置一起。

"你会在我离开的地方理解死亡。"
另一次,她带我去看梅花的落。

等了很久,天黑了,以为它不会谢了,会再开下去。
我说着话,看了一眼天空,低头时,花已落下,
——它没有让我看到它如何落下。

"我仅在你离开的地方理解生。"

"尝到不喜欢的滋味有两种方法,
咽下去,吐掉。"

发现有另一种方法时,有一件可依赖之物时,她已不在了。
一切如她祝愿:我不在时,神代替我在。

一只蚂蚁

一早出门去拖一粒麦子回家。
　　太阳落了,仍未歇息
新鲜饱满的果实在一些人肩上,担不动了。

一些人两手空空。

站在路口,让一阵风里的暖经过自己,
抵挡一会儿凉薄。

仅有的空间窄而低小,
　　生起火的时候,
似被这火加冕为一屋之主。
这是寒夜。而黎明到来,
我又会将此忘记,并将此刻情景嘲笑。

在众人都在认领果实的收获季,仍去播种。

蜗牛和阴影

它爬行着,叶子投射下的日光,
——一小块虚设之形将它笼罩并随它移动。
它困在其中,
——小小的蜗牛,我想伸手将它移到光里。

雨来了,一片才掉落的树叶,
恰将它遮护。它为此感激,头轻轻地靠上去,像拥抱到母亲。

一些人看我,
也是一只小小的、在日光的亮度与阴影中爬行的蜗牛吧。

它轻轻地收起了触角——可是我的注视将它惊动?

——我想伸手去抚摸它的壳,
是我在你身边,你不要惊恐。

下了一天雨的黄昏

下了一天的雨。收集、引渡这雨水入池渊,
   不要流入楼群的缝隙。

离我很远的人,照耀我的人,
   太阳啊,你仅以你的芒到来于我即可,
不必久留我身边。

 黄昏时我常坐在庭院沉默。
 安置一些需安放之事物,
 不唯行立空间之局促狭仄,可触及之周边多么小。

我需要尽量小的周边,
这小——似我中年开始向往肃静。
我或圆或方,我若为物,
物体不会因形变而改其属性,
 这一条同适用于人。

 ——看心率图上的曲线,
 曲时我是活的。
 因为"曲",即使这线被切割掉一段,
 它仍够接续,长度供打结。

——打结后它似趋向于"直"了,但不是趋向了消亡。

我并不钟情于凡事垂直。

今日始,此我之状态设置为"定期清空"。

枇杷已熟,与眉州苏子

写一行附注,倘使被你看到(一千年前看到恰好,一千年
　　后看到不迟),
请一一读出字音,万物都有声音,自发的,被触动而发的,
我只觉隔世的一声迷人。

相和与回应,皆宜用文字保存。
风吹动了光,谁正随风进入了光中?

　　而这光,未被增加,未减少,也未改变移动。
　　这是我,在红尘中为你的存在做确认、打捞,
　　于风经过光时,证"尘"字之前为什么冠之以"红"。

　　一滴水在泛海,
　　想去归拢云下的山河呵,而不是站在这一言不发,
　　看江流上你泛舟。

倾听想象中的事物,被名之为"未来"的,
而回忆一些事物之时,当以几个句子迅速结清。

死亡将一个人埋于泥土后,不经本人许可的翻找都将获惩戒。
我偶然写下的,并非你的未及完成,只是一份隐秘的链接

被我触碰。

我后来的人仍将煮茶于日出之时,
　　清扫庭院于日落。
一天下来的杂陈很多,一年的杂陈足够深埋最好的鲜衣怒马,
一滴水到了海里,经过冒着食物热气的生活。

"当知虚空,生汝心内",
文与字是有锐角、根须之物,念念间即可化为久在之精魄。

历　书

　　用太阳的位置判断此时为何时。
　　用林木的叶辨认此季为何季。
而不去翻动历书，
不依照手表、时钟、罗盘。

埋入泥土的种子拱出地面，
果子熟于日光的明与暗交替。

　　一年回一次低处：种植者的手，
　　包胚芽的衣胞。
　　遁于地表之下。

我不浪费向"生"投奔而来的任一事物，如，一粒粮食，
一张未写满字的纸。

丰盈后就在减了。
一只水杯只可盛有限之水，请珍爱为它续水之人。

请把它放下来，让它被人世再次获取。

这尘世的丝缕被细分而后仍然可劈，

一个分支就是完整之身者。请爱惜。
请受我一揖。

　　此来与我患难者,
　　是化身为我身边实物状态的时间。

逐 光

升到睡前仰视的那颗星的旁边,
跟着一束光,越过空旷。
光影中度年月,或名为逐光之程。

日习逐光之技。我试图碰触、抚摸我的看到、听到、感受到。
我的手放在很多实物之上:地面,林木;桌椅,
床铺,房屋;水波,酒杯,酿酒的粮食。
   跟着它行走挪移。

  ……收不进任何一个有实相的器物的,
  我信它不是虚无,而只是暖。
  我站进它的笼罩里,它是满,轻轻地溢。

  我伸出手,它在我手上。
  ——但我无法留它,怀抱它,
  它不仅属于我。

无法让我收存一些留给暗夜,
它仅名"此时",我仅名"此在"。
……照着我时,一定是照着千万亿无量事物之同时。
  我依此理解着我和万物的关系。

生我者，度我者的颜仪，
深深地低头致意……
　　它将我照拂包裹时，它不曾有任何重量加之于我。
　　让我想及一些无法称量的情义。

侧耳倾听

请跟我来,和我一起屈膝坐在泥土上。
晨风与日光当时。

劳作,欢饮,沉默,休息。
以指尖偶然的相抵交流心事。

与自然于互适中合一,河流,树木,你。
——那有一些道路,你可往可返。
　可停下来,可离去,来去无需言语。

请与我分大地冰封后的肃寂,
不惧怕黑暗之心。

花萼落时将被看不见的根须怀抱。
——离开之路很痛,
　请将痛视为动用过人世之物的一次偿还吧。

请原谅一些枯寂与绚烂过后,
　一个中年人的渐无情绪。

　我也将自行擦去我参与过的那一小块界面上的痕迹。
　低下头倾听,答以合十之礼。

初 冬

和我互相成全之物甚多,一只水杯,
将水煮热的器具,一些粮食,服饰。
雪时有暖、晒时有阴凉的屋舍。

时入冬初,我列下我用过之物的清单,还将复用哪些,
以及走过之山河。

这不是一份陈述,仅是在"我"后撰附录,
我对世界有过的连接与引用,
自动汲取的,收到的,双手举过头顶、来归于我的,
暂存于我的,
被我热爱的,
被我嫌弃的。
伴随过我的,笑容,沉醉时的眉眼,
迎接到的一个婴儿。在婴儿之后需加括号,内注:他幼时
很爱哭,他才出世,他用哭表达未被满足的需求。

而我已无。

回忆那次在海边看到风暴

那次在海边时,看到风暴升起,
舟楫动荡,光将水的颜色分层。
巨浪离我很近,欲将我清洗与吞噬。

大海在我眼前摇荡。它用一场飓风给自己找"平",
可垂直般的平。
我默默起身。慢慢游向海水之下。
以不成为它"平静"后突兀的部分。

静 穆

疲倦时,是静的。
星辰垂下它的光,铺在了地上。

力量被杂务次第抽去,不发出声响。
任何声音都是喧哗,没过我的头顶。

从仅存的曲目中,找出有弱音的部分,
尽量多的弱音,足够多的弱音。
让空间安静下来的、肃穆的因子。
我渴求着的、天地返回原初时的能量,
也许,
来自一个微小的触动。一个轻音落在弦上。

请辞去可为任何实相定义的身份,
请默认一些虚词无意义时的读法。

一本一本减去橱柜里的书,读过请放到边上。
不再读的送给能去读的人。

一件一件去舍弃买来就不爱的衣裳,
收束食材的品类。

减少移动,飞翔时的重量。

减少"你""众生"世界在"我"中的含量。

稀释之"我",不有形有相之我,将以不被识认出而欢喜。

面　具

在楼群与人群中，寻求同面，
含笑贴上用户最多的标识。
即使被放进滤盘辨认也没有特别。

　　　　"被喊出名姓回答一些问题时，
你或无足够多的勇敢。"

"回应在蒸发我仅存的水分，
我逃避着蒸发。"

你是否会诗化一个生命在存在时的状态？你会的。
你是否会融入欲与你同步的事物？你会的，但我拒绝。

你是否会一边厌倦眼前事，一边相信即或重来此生亦不过
　如此？
即或如此，还是请重来一次。

是否会继续走？知道了另一条路，
无关乎困难、容易，远或近。
仅为需要一个人去走。就去走了。不管在哪条路上，
你都不提对将逝的一天满怀惋惜与感激。

"我只是因为看到了一条路在那，就去走了一下——很多人如此度过一生。"

鱼在水

鱼在水而我有时不在水,
鸟在天空而我不在天空。

……去掉"天空"中的"天"字,
将"空"归在我从不为之解释的事里。
(你是否遇过你无法解释之事。)

我如何开口,说认识这些字但并不能指认出意义?
我称之为"神"的……我要相信的一些东西。
我相信并非因为无力,
必受困于某段时间之中,某块地域,放下一张床的房屋,
一张工作台。

艰难,羞辱,贫苦,欲望,都是小的。
蚂蚁举起树叶避雨时。

荣耀,欢乐,富庶,也是小的,
一点点的糖撒在早餐的面包圈上,
——站远一点,甜也是小的。

尘埃堆积为对人世无尽的、不加区别的遮盖。

小与大接近的事物，皆将名之为"无"。

让我丰富的，是我维持一些不爱。
而非热爱。
内置低配之时，与世界接口无多。

致与迷人

虚而有相的生命令我着迷,
补充的养分依次如下:日光、水、时间。
从超然于冠上回胚芽之体:生根、长叶、分枝、结实,
我似亦如是。

不同的名字,被分类。
被用意义区别,万物在互相对待中,接受匹配。
外见之形下界生死。

找出尘世的成分:金、木、水、火、土,
灵长者以为傲之所向啊:"色声香味触法"
"眼、耳、鼻、舌、身、意"。

将"土"之区具象于大地,园圃、花盆,
将"火"之区具象于光与三餐谷物之熟,
将"水"之区具象于河流,池塘、水杯,
无始劫之自然。

门前深夏的小径通向哪座空山?
唯一的月轮复为迷人升起。

奉 还

没有什么是我的。

如果偶尔有一些事物,附着于我。
但它们仍是它们。

我经遇之所有,我都不曾动用、惊扰。
我无意收取的,我都将还回。

深深的,抱歉。
深深的,感谢。

微风能带走的,
需要一场暴风雨才可以强行带走的。
我自觉交还的,
我因为无意用力怀抱而交还的,
被迫交还的。

如果还有剩余,
一些事物,经遇我而还在的,
到来过的,都还在这。
完好地奉还。

星　际

有一天，你若读到星空里的一个名字，
请拆它为两个单独的字。
放它们于字典中原来的位置。

不是"我"的，被我动用过，我将归还。

请勿问简介，请哂笑这穿过俗世的路牒。
有一条街巷，很多人住在那里，
彼此不论年庚、性别，
忽略起源、宗祠，关系中的身份，
在清晨里，人们一起劳作。

若传说中有薄薄一册小书是"我"所写，
　　万千微物中之一物，
　　空旷中众生之一。
请知悉：
这只是植物一样从大地里生出的，
自然的一个呈相，
恰好流经于"我"——我有幸取了这"停留"，
　　我未有私藏，将它捧向原处而已。

与"瞬间"异名而同义者,
一时气息之聚,转身在空里,勿相撷。
亦不足于与谁相忆。

庭中复故人书

"变化不大,能量与介质臻于守恒。
与千山千水之晤,略近完成,
所余者,已在可见、可不见之间。"

"我今日之所在,正是多年前同你谈论的'未来'。
维持温饱而外,似无其他理想。
我不再嘲笑自己,
删去与生活资料无关的部分后,我枯燥而单薄。"

"互相交换会客厅,
情绪、精神仅在邀请单上的名姓中流通。"

"也置酒,也辞酒。
置酒与辞酒之间,在庭院中种树,
——我倾力培护的、与我相契的。
它们一年中的样子神似我认识的某个人的一生,
它们也以一日日之'变化',酬我对自然之心重。"

"我仍在喜欢'鸿蒙'这个词,深藏神迹。
我经过,千亿分之一的会意,而后仍归其于隐藏。"

一则晨记

从五楼门口下到一楼的楼栋出口,
然后出小区。
出我所在之街,偶尔出城。
楼高 30 层,90 个家庭共用一部电梯。
邻居们仅在电梯中偶尔相见。
这是以我为边的地理空间。

张着毛孔接受了与外部的连接,
深深地呼吸,为将自己更好地收拢,
请谅我有关闭自己之私。

无穷的穷与穷困之穷共时,
光线与神祇!
在这城市寻常的房间里,
我用水与土养植物,
看花儿们生出色谱图上的颜色,
不同的颜色与果实。

让生活发生改变的事物汇合为方向,
早晨们排列整齐站在直线的点上。

它们陪伴着我。以所行将我纠正。
陪伴我的事物很多——
我在与不在,它们都在。

后 记

古运河穿城而过，河边有空地，种了许多树。一些空白时间，我会去那些树丛中走一会。

去年四月初的时候，我写了开篇第一首诗，一天写一段，持续到六月。七月的时候，去了一次南大，回来后，找出了几册古诗集读。然后，以每天一小篇的进度写了点关于古诗词的笔记，在第一天的预想中，想写三四十人，附及四百篇左右作品——贯通《诗经》到清代，我认为创造出落地生根的语言的、让诗词文脉在变动中延续的支点之作。我写到陶渊明、杜甫、白居易、苏东坡，一些赋予寻常文字以独特质地和光芒的人。

"质地"与"光芒"意味着丰富和能量自给，以及处理生活的能力。甫提笔时，排队从心里跳出来的名字，有一两百个，远超过我列在纸上的。还有些一时之间似没想到，但翻书一见，竟是故交重聚，有很多话要与之相述似的。

这些名字让我和远一点的世界、时间发生了交流，我似乎触到了一个个蓬勃的个体生命与宇宙自然互相感知的系统。我有幸以这样的身份走入他们中间。这份笔记无意中促进了这本小册子。

兴之所至之写，兴未尽而停。大约正好是留一点可资日后接续的念想。但写过也就写过。"次生之我"与"支线之我"与"主我"发生了一次入微的交流而已——将近期不同日历上、地理方位上、思想状态中的"我"进行了一次召集。一路行来的流动与颠簸，时有泼洒，拘泥与受困也一直围绕着我。但在写字的时候，那种与万物会意并发生交流的归属感却加倍补偿了我。

有赖这些空白时间，或者说是每天的时间被大块切出后遗存的缝隙时间，它将一个微弱个体从社会身份中提取出来，将其短暂奉还于自然与自处。我也借此对自我进行了一次清洗、整烫（褶皱很多）和教育。

对经过之物、已知之物和未知世界是否有被忽略的与生俱来的感应？我试图用句子去寻找到触纽。于我，汉字最是通灵之物，写字之时，大范围地将心静置，给自己屏蔽出肃穆空间。会忽略日常生活中所顶戴的、几乎是一个非常脆弱的壳，也从另一个界面，回应了在每一步移动里都接到的"请更新升级系统"的诉求，有毅力去与外界匹配。也面临过泥沼一样让人陷落的焦虑，但一想到一天时间有限，不可浪费，创造本来就是一件需以命相托之事，就等同于生活本身之自然时，生活就又仅以宗教之面示我了。

文本中用到了一些人称代词，如"我""它""她"。

人称代词存在的意义之一是对他人的精神进行显性度量。

因为这一点，有些写者会在具体文本中刻意规避。一个代词有一个代词的隐性容积，作为时间集成体，它包含应付日常用掉的时间，为支撑生存花费而去工作用掉的时间，一定的"电量"在被消耗、被补充的动荡中的升降；包含从自然人到里外周正的社会人之路付出的毅力，以上诸事用余的部分，才是代词们所代替的身份的核心。

在同一时间的不同地块上，发生的并不是一样的生活。去年尾，我修改了两篇之前写的小说，主要修改人物在某些遭际发生后的变化。我想给予我的人物以精神支持——让他更坚定与结实。可是，我写到的这些人，他在现实中是这样存活的吗？苦难与幸福都与现实不偏倚，不经虚加与妄减。我让人物在文本中走的一条路，是他的必行之路，还是擅用了作为创作者的特权？曲折离奇是走一条直线的必然选项吗？是成为一个作品中人物必付的代价吗？他所有的思想，是一个落后的我给的，还是一个超越了眼前时间的我给的？而我，希望呈出的每一个新作品，都是与以往作品切割过的，它们各自独立、互不牵扯，从内容到体例。

我理想作品的第一条就是它的独立性。其次是有自己的活力，存活力与变化力，以保持丰富与新鲜。有让人一见耳目一新的人物与新词，带着初生的绒毛与血气，兼有对其提取到的那块现实的思考。有能走到眼前现实前面的先进、孤绝，在久远一点后仍能落地生根。像完好的从现实中提取到了一块新鲜组织，毛发并现，可放到显微镜下观察，可供思量，可供移植，并且耐读。

取下来的这块组织，泥土一样，厚实而不板结，肥沃、暄软，饱含生机与孕育力，让人笃信这个生命可交于未来。它不仅重启人类对自然的感知，同时有抓取大量灵魂的力量，有于无言间与不同生命体对接的稳定气场，引导世人发现普通生活的价值以及生活内部未获重视的新成分。

如上这些认识，来自读到各类优秀作品时的感受。

这本小册子只是空隙时间的一份余笔，能够呈出，首先要深谢南京大学傅元峰老师，他在最开始时给我的鼓励和推荐，是缘起动力。感谢王彬彬老师去年暑假时对诗稿进行批阅，并给予我肯定。感谢范小青老师和张光芒老师在这两年里的一再鞭策。感谢每一个对我有过关照、包容和支持的师友、同事，虽然拙于表白，但一点一滴都在心里。中年并未缓解我的社恐，仍常怯于交流。但近些年，还是借由一些学习、会议的机会，得以与师友们欢聚、倾谈，超越了空间、年纪、身份的限制，在酣饮与畅叙中获得启发。在此一并深表感激。

一些文字，写过也就是别过了。劳动、休息，与认识或不认识的人在街上寻常相见，谈谈天气、衣食、物价，有空就坐一会儿，喝喝茶，到大自然里走走，看看植物，为小朋友们读读唐诗，做一点对他人有帮助的事，量米度日，浆浆洗洗，上工下工，是令我很享受的日常。在里运河边生活了二十余年，一条天天相见之河。无论外界怎么去评议它，重新审视它，它的晖光与我朝夕相互汲取，并无变换与增减。"运"是一个自带推动把手的字，洋溢着活力，代表了去远方时可选择的方式与生生不息。

苏宁
2022 年 10 月

图书在版编目（CIP）数据

运河之晖 / 苏宁著. -- 武汉：长江文艺出版社，2023.9
ISBN 978-7-5702-3113-3

Ⅰ.①运… Ⅱ.①苏… Ⅲ.①诗集－中国－当代 Ⅳ.①I227

中国国家版本馆 CIP 数据核字（2023）第 070116 号

运河之晖
YUN HE ZHI HUI

责任编辑：谈 骁	责任校对：毛季慧
封面设计：祁泽娟	责任印制：邱 莉　王光兴

出版：长江出版传媒　长江文艺出版社

地址：武汉市雄楚大街 268 号　　邮编：430070
发行：长江文艺出版社
http://www.cjlap.com
印刷：湖北新华印务有限公司

开本：880 毫米×1230 毫米　　1/32　　印张：6.5
版次：2023 年 9 月第 1 版　　2023 年 9 月第 1 次印刷
行数：3840 行

定价：58.00 元

版权所有，盗版必究（举报电话：027—87679308　87679310）
（图书出现印装问题，本社负责调换）